내려올 때 비로소 보이는 것들

내려올 때
비로소 보이는 것들

/

최
성
철

루이앤휴잇

인생을 돌이켜 깨달은 삶의 비밀들

산다는 것은 비워가는 과정이라는 얘기를 참 많이 들어왔습니다. 욕망과 욕심으로 가득한 짐들을 우리는 평생 힘겹게 지고 걸어갑니다. 이러한 짐들을 적당한 곳에 하나둘 내려놓으며, 마음도 이렇게 하나하나 비워가면서 천천히 걸어나가는 것이 우리의 진정한 삶의 과정이라는 것을 갈파한 말씀이겠지요. 그래서 이 세상을 떠날 때는 모든 것을 다 비우고, 처음 올 때처럼 빈손으로 가는 것입니다. 그러니 허영과 물욕은 다 부질없는 것이요, 거친 상처만 안게 되는 것이니, 잘 비우고 편안히 가라는 것은 참 타당한 말씀이 아닐 수 없습니다.

산다는 것은 채워가는 과정이라는 얘기도 참 많이 들어왔습니다. 공허하게 텅 비어있는 몸과 마음에 귀한 소망과 사랑을 향한 노력의 진선미를 잘 만들어 채우고, 그러한 소중한 진실과 인격을 우리 마음에 차곡차곡 채워가며 인간 된 모습으로 걸어나가라는 말씀이겠지요. 그래서 이 세상을 떠날 때는 어리석고 미숙했던 모습을, 바르게 잘 성숙

한 모습으로 채워서 멋있게 가라는 것일 텐데, 이 역시 참 타당한 말씀이 아닐 수 없습니다.

월터 페이터는 아우렐리우스의 《명상》에 자기 생각을 더 하여 쓴 산문에서, "우리는 5막이라고 생각했던 인생이 단 3막으로 끝날 수도 있으니, 그렇게 된다 하더라도 조용히 떠나라."고 간결하고 단호하게 말한 바 있습니다. 그것은 우리를 고용한 감독의 명령이요, 작자의 일이지 우리가 상관할 바가 아니라는 것이지요.

그렇습니다. 우리는 언젠가 그들의 명령에 따라 여기를 떠나야 합니다. 그런데 과연 그때까지 다 비우거나 채울 수 있을까요? 채우는 것이 맞건, 비우는 것이 맞건, 우리가 지금 그렇게 하고 있기는 한 걸까요?

우리는 그 누구도 알 수 없는 어느 미래의 불시에 여기를 떠나야 합니다. 그러니 얘기는 더욱 복잡합니다.

"버리고 갈 것만 남아서 참 홀가분하다."라고 하신 고 박경리 선생님의 말씀이 또다시 가슴을 찡하게 하는 밤입니다. 오늘도 저는 비우고 채우기를 수없이 반복했습니다. 앞으로도 계속 그럴 것으로 보입니다. 결국, 예상치 못했던 어느 날, 이 세상을 떠나는 그 순간까지도 욕심을 비운 자리에 다시 욕망을 가득 채우다가 배탈로 인한 구역질로 허벅지를 더럽히고 말 것 같습니다.

아, 이 못난 인생이여, 이를 알고도 고치지 못하는 이 바보여…

이 책의 작은 글들이 우선은 저에게 먼저, 그리고 여러분에게 어떤 생각의 전환이 되는 조그만 계기가 되기를 진심으로 바랍니다.

지는 꽃을 보고 있으면

삶이 내게 가르쳐준 것들

상처 없는 새가 어디 있으랴

지는 꽃을 보고 있으면

여름이 화사한 여왕의 앞모습이었다면, 가을은 멀어져가는 수도승의 뒷모습과도 같습니다.

여름이 빨간색이었다면 가을은 고동색입니다.

또 여름이 사이렌이라면, 가을은 먼데 종소리와도 같습니다.

이 가을, 단 한 번만이라도 좋으니,

인생의 완성을 이룬 사람만이 이를 수 있는 절대고독이 나를 스쳐 지나갔으면 합니다.

삶의 끝자락에 이르렀을 때
주변의 모든 것을 다 수용하고 편히 받아들이는 모습을 통해
우리는 진정 그 사람의 마음에서 빛나는 아름다운 삶의 훈장을 찾아낼 수 있습니다.

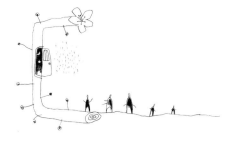

아름다운

삶의 훈장

온갖 세상 풍파를 겪으며 산 사람과 그렇지 않은 사람의 차이는 과연 무엇일까요?

저는 세월의 풍파라는 것을 반드시 파란만장한 고난이라고만 생각하지는 않습니다. 슬픔, 아픔과 함께 기쁨과 즐거움 역시 세월의 풍파에 포함되기 때문입니다.

누구나 살면서 그것을 겪습니다. 그러나 그것을 잘 다루지 못한 채 오히려 끌려다니게 되면 시련과 고통으로 남을 것이며, 험한 파도 속에서도 배를 잘 다루듯 그것을 조심스럽게 잘 관리해 나가면 삶을 더욱 풍요롭고 향기롭게 할 수 있을 것입니다. 그 때문에 갖은 풍파를 겪으며 사는 삶이야말로 그 의미와 깊이가 훨씬 더 가치 있다고 할 수 있습니다.

세월의 풍파를 잘 겪어낸 사람, 그리하여 크고 작은 주름이 가득한 얼굴에서도 은은한 멋과 삶의 향기가 솔솔 배어 나오는 사람, 언제부터인가 저는 사진이나 글 속에서 그런 사람을 찾곤 합니다. 그래서인지 슈바이처나 베토벤, 타고르 같은 이들을 보면 마음이 매우 숙연해집니다.

박경리 선생님께서 타계하셨을 때입니다. 저는 TV를 통해 본 선생님의 모습에서 인생의 향기로움이 가득 배어있음을 느꼈습니다. "버리고 갈 것만 남아서 참 홀가분하다."라고 하신 그 말씀의 뜻을 우리가 어찌 다 헤아릴 수 있겠습니까만, 그 많은 삶의 풍파와 부딪치면서도 그것을 묵묵히 받아들이며, 험난한 파도 속에서 인생의 키를 꿋꿋이 잡아 오신 걸 보면 고개가 저절로 숙어집니다.

삶의 끝자락에 이르렀을 때 주변의 모든 것을 다 수용하고 편히 받아들이는 모습을 통해 우리는 진정 그 사람의 마음에서 빛나는 아름다운 삶의 훈장을 찾아낼 수 있습니다. 그 때문에 인생은 견딜만한 시련이 조금은 있어야 비로소 행복한 것이 아닌가 합니다.

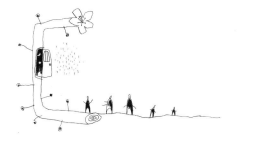

지
는
꽃
을

보
고

있
으
면

도종환 시인은 "지는 꽃을 보고 있으면 내가 꼭 무슨 큰 잘못을 한 것 같은 미안한 마음이 든다."라고 했습니다. 생각건대, 그것은 꽃이 피어있는 동안 더 가까이 바라보고 사랑해주지 못한 데서 오는 미안함 때문이 아닐까 합니다.

꽃은 참으로 신기하고 신비로운 생물체입니다. 피어나는 모습이 그렇고, 피어있는 색깔이 그러하며, 지는 모습 또한 그렇습니다.

꽃은 매일매일 관찰하면 피는 모습이 잘 보이지 않습니다. 며칠 만에 또는 아주 오랜만에 봐야만 "아, 벌써 저렇게 자랐구나."라고 비로소 느낄 수 있기 때문입니다.

꽃이 피어있는 모습은 더욱 신비롭습니다. 어찌 그런 모습으로 고개를 들고 서 있는지, 어찌 그런 모습으로 고개를 갸웃하고 있는지, 어찌 그런 색깔과 향기를 가졌는지, 정말이지 경이로울 뿐입니다.

아무리 인간의 손끝이 맵고 정밀하다 한들 조화를 생화처럼 만들 수는 없습니다. 흉내만 낼 뿐, 그 향기나 색깔은 절대 생화를 따라갈 수 없기 때문입니다.

꽃이 집니다. 잎을 떨어뜨리고, 색을 떨어뜨립니다. 조용히, 조용히 눈송이가 내려앉듯 하나씩 하나씩 이파리가 내려앉고, 그 위에 함께 놀던 고운 색깔마저 끝내 다 떨어뜨리고야 맙니다. 하얗고, 빨갛고, 노란 물감들이 물속에 풀어지듯 색깔이 다 흩어지고 나면, 꽃은 우리가 모르는 자기만의 다음 과정을 또 준비할 것입니다.

그런 꽃의 생애를 돌이켜볼 때마다 도종환 시인이 말한 미안함이 떠오르곤 합니다. 공감되기 때문입니다. 그렇습니다. 지는 꽃을 보면 미안한 마음이 생기는 건 인지상정입니다. 그 때문에 신기하고 신비로운 그 생물체가 스스로 탄생하여 살아가다가 조용히 흩어지는 모습을 보면, '그동안 나와 무슨 인연이 있었던 것일까?'라는 생각에 정말이지 미안한 마음이 들지 않을 수 없습니다.

어떤 꽃을 좋아하시나요? 저는 노란 국화꽃을 좋아합니다. 국화꽃을 보고 있으면, 곧게 뻗은 줄기 끝에 안으로만, 안으로만 동글동글 맺혀있는 꽃잎들이 서로 애기를 주고받는 것만 같습니다. 저도 그 얘기 속에 끼어들고 싶지만, 자기들끼리만 둘러서서 뭔가를 부지런히 속삭이기에 조용히 지켜만 볼 뿐입니다. 그 모습에 슬그머니 질투가 나기도 하지만, 조금 떨어져서 그들을 지켜보는 것만으로도 즐겁고 행복합니다. 그들의 속삭임을 들을 때마다 내 마음에 하얀 시냇물이 조용히 흐르기 때문입니다.

사람이건, 사물이건, 생명이 있는 것이건 없는 것이건,
무엇이든지 원래의 자기 모습 그대로, 원래의 자기 색깔 그대로,
원래의 자기 성격 그대로 지내는 것이 가장 자연스럽습니다.

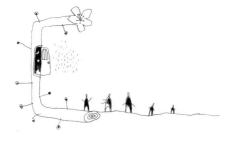

그 많은 별은 다 어디로 갔을까

오랜만에 별을 봤습니다. 참 오랜만에 밤하늘의 별을 보면서, '먹고 사는 일에만 너무 집착하며 살고 있었구나.', '별생각 없이 세상을 살고 있구나.'라는 부끄러운 마음이 들었습니다. 그 부끄러움은 결국 한심함에 이르렀습니다. 그리고 '비가 오건 눈이 오건, 누가 보건 안 보건 상관없이 저렇게 매일 나와 있었겠구나.'라는 생각에 갑자기 별에 미안해졌습니다. 매일 하루도 거르지 않고, 언제나 그 자리, 이 도시의 밤하늘에까지 나와 있었다고 생각하니 더욱 그런 생각이 들었습니다.

어린 시절 동네 뒷산에 올라 봤던 수많은 별, 노란 색깔의 눈부셨던 별들, 소나기처럼 금방이라도 쏟아져 내릴 듯 머리 위에서 빛나던 그

무수한 별은 지금 다 어디로 갔을까요? 우리의 무관심에 지치고 외로운 나머지 아무 말도 없이 우리 곁을 떠난 것은 아닐까요?

공해도 공해지만, 우리 마음도 예전 같진 않습니다. 하늘을 잔뜩 덮은 회색 장막이 우리 마음속에도 두텁게 드리워져 있으니까요. 그러니 별이 잘 안 보일 수밖에요. 멀리서 희미하게 겨우 그 존재를 알리고 있는 저 별들도 언젠가는 우리의 시야에서 사라질지 모릅니다.

밤하늘에서 별을 볼 수 없게 되는 날, 우리가 별을 버리는 날, 자연도 역시 우리를 버릴 것입니다. 황량한 벌판에 아무렇게나 내팽개쳐진 기분은 쓸쓸함이나 외로움을 넘어 참담한 두려움으로 우리에게 다가올 것입니다. 아니, 혼자 낙오되어 북극의 혹한 속에서 방향을 잃고 헤매는 것과도 같은 공포감으로 몸을 마구 떨게 될지도 모릅니다. 문제는 그런 상황이 점점 더 현실로 다가오는 것 같다는 것입니다. 괜한 기우일까요? 차라리 그렇다면 좋겠습니다.

자연은 자연끼리 잘 살아갑니다. 별도 자연이고, 나무도 자연이며, 갈대도 자연입니다. 바람도, 하늘도, 강도, 바다도 모두 자연입니다. 그리고 사람 역시 자연입니다.

자연은 자연과 자연스럽게 지내고 싶어 합니다. 그것이 가장 자연스럽고, 가장 좋기 때문입니다.

사람이건, 사물이건, 생명이 있는 것이건 없는 것이건, 무엇이든지 원래의 자기 모습 그대로, 원래의 자기 색깔 그대로, 원래의 자기 성격 그대로 지내는 것이 가장 자연스럽습니다. 바람에 흔들리는 갈대는 흔들리는 그 모습 그대로, 태풍에 부러진 나뭇가지는 부러진 그 모습 그대로, 아프고 괴로우면 인상을 쓰는 모습 그대로, 기쁘고 즐거우면 웃는 모습 그대로 지내는 것이 가장 자연스럽고 좋습니다. 그 때문에 자연의 모든 구성물은 서로 기대고 비비고 넘어뜨리고 잡아당기고 끌어안으면서 그렇게 어울려 살아갑니다. 자연이라는 것이 그런 게 아닌가 싶습니다.

자연 속에는 구태여 이유를 찾거나 근거를 달거나 하지 말아야 할 것이 너무도 많습니다. '스스로 그렇다'라는 자연(自然)의 한자만 봐도 그렇습니다. 그것을 오늘 저는 아주 오랜만에 밤하늘의 별을 보면서, 우리가 참 바보스럽게도 스스로 만들어 자연에 주고 있는 큰 아픔과 함께 다시 한번 느끼게 되었습니다.

만인이 다 알고 있는 자연의 중요성을 이러쿵저러쿵 말하는 게 너무도 우스운 일인 것 같아 이만 줄여야겠습니다. 다만, 학교에서 돌아온 어느 아이가 집에 오자마자, 엄마에게 "엄마, 나 오늘 담장 밑에서 나팔꽃 봤어! 그것도 아주 여러 송이 피어있었어!"하고 외치는 것처럼 저 역시 "어제 별을 봤어! 글쎄, 하늘에 그 별들이 아직도 있더라고"라며 외치고 싶습니다. 또 자연에 무수히 약속했던 우리의 말과 행동의 그 수많은 어그러짐도 함께 이르고 싶습니다.

문득 "자연계에 인간이라는 생물이 없었다면, 자연은 얼마나 자연 자신에 충실하였을까"라고 얘기한 고은 시인이 생각납니다.

별을 한참 보고 있으니 까닭 없이 눈물이 납니다.

이별을 앞둔 사람이 아니더라도
혼자 있을 때 수평선을 꿈꾸는 사람은
진정 아름다운 사람일 것입니다.

수평선을 꿈꾸는 사람들

시력을 잃은 이탈리아 성악가 안드레아 보첼리와 영국 출신 팝페라 가수 사라 브라이트만이 함께 부른 〈Time to say goodbye〉를 들을 때면 제 가슴은 마냥 두근거리곤 합니다. 그리고 이내 그 이유를 알 수 없는 깊은 외로움이 찾아와 마음 한쪽을 진한 그리움으로 물들입니다. 그리움은 어느 순간 잔잔한 평온으로 바뀌고, 노래가 끝날 즈음 제 눈은 안개비 같은 이슬에 흠뻑 젖습니다.

"홀로 있을 땐 수평선을 꿈꿔요"로 시작되는 〈Time to say goodbye〉는 작별을 앞둔 사람의 슬픈 마음을 생각하게 합니다. '이젠 안녕이라고 말할 때가 되었다'는 노래 제목처럼 수평선은 어디론가 멀리 떠나야 하는 상황을 떠올리게 하기 때문입니다. 또한, 이 노래는 미지의 먼 곳으로 향하는 항해를 떠올리게 합니다. 그래서인지 잔잔한 물결 위에 떠 있는 작은 배 한 척이 머릿속에 그려집니다. 이런 풍경들은 제게 무한한 꿈과 상상력을 갖게 합니다. 저는 그 넓은 상상의 공간 속에서 끝없는 유영을 합니다.

저는 이 노래를 들을 때마다 수평선을 꿈꾸는 사람을 생각합니다. 그 사람의 심정을 느껴보려고 살며시 눈을 감아도 봅니다.

그 심정이란 과연 어떤 것일까요?

당연히 슬픔이겠지요. 그래서 그 사람이 가진 그 슬픔을 가만히 그려봅니다. 그 슬픔은 하얀 보석처럼 순수하고, 붉은 석류 알처럼 영롱할 것입니다. 또한, 너무 깨끗하고 맑아서 눈부시게 찬란할 것입니다.

너무 비약적인 상상인가요? 지나치게 감상적인가요? 물론 그럴 수도 있습니다. 하지만 꼭 이별을 앞둔 사람이 아니더라도 혼자 있을 때 수평선을 꿈꾸는 사람은 진정 아름다운 사람일 것입니다. 누구보다도 행복한 사람이기 때문입니다.

노래는 이렇게 이어집니다.

"당신은 빛을 가득 채워주네요, 길가에서 만난 그 빛을…"

노랫말 앞뒤를 살펴보면, 멀리 떠나는 사람이 남아 있는 사람의 텅 빈 마음을 빛으로 채워주는 것으로 보입니다. 그런데 그 사람은 그 빛을 길가에서 만났습니다. 길가에서 만난 그 빛을 제 가슴에 가득 담아서 함께 떠나지 못하는 사람의 공허한 마음을 채워주고 있습니다. 그것은 손이 닿을 수 없는 저 높은 창공도 아니고, 한참을 지나서 다다른 어느 깊은 숲속도 아니며, 오랜 기도와 인내의 결과로써 만난 것도 아닙니다. 그저 길가에서 빛을 만난 것입니다. 가장 평범한 것에 알 수 없는 묘한 맛과 깊은 멋이 있는 것입니다.

그가 길가에서 만난 그 빛의 색깔을 생각해보았습니다. 무슨 색깔일까요? 너무도 눈이 부신 나머지 잠시만 바라봐도 금세 눈이 멀 것만 같은 색깔일까요? 아니면, 이 지구상에 존재하지 않는 그 어떤 색깔일까요?

하얗고 정갈한 작은 손수건이 생각납니다. 홀로 있을 때 먼 수평선을 꿈꾸는 사람은 그런 순수하고 깨끗한 마음으로 작별을 준비할 것입니다. 아무 말이 필요 없을 것입니다. 그 작별의 순간은 그런 하얀 눈부심에서 시작될 것이기 때문입니다.

한 편의 시나 소설처럼, 한 폭의 그림이나 한 편의 영화처럼, 한 곡의 노래도 사람의 마음을 충분히 사로잡을 수 있습니다. 클래식이건, 대중음악이건 마찬가지입니다.

저는 종종 청력을 잃은 베토벤을 생각하곤 합니다. 그는 엄청난 파괴력을 가진 영원불멸의 교향곡을 다수 작곡했습니다. 그것이 의문이기도 합니다. 전혀 들을 수 없었던 그가 과연 어떻게 그런 곡을 만들 수 있었을까요?

바이올린이 연주할 때, 클라리넷은 잠시 쉬고, 조금 있다가 오보에가 연주를 시작할 때 다시 클라리넷이 연주를 시작합니다. 그러고는 다시 콘트라베이스가 그 특유의 저음으로 성큼성큼 다가옵니다. 바이올린이 다시 일제히 그 음을 내뿜을 때, 트롬본은 잠시 쉬고, 팀파니가 그 힘찬 소리를 곳곳에 뿌립니다.

이렇듯 다양한 악기의 들고나옴, 강약 등이 시현될 수 있도록 악보를 그려내는 능력이란 저의 상상을 초월하는 것입니다.

그 위대한 작품들을 만들었던 베토벤의 마음은 과연 어땠을까요? 만져볼 수도 없고, 들여다볼 수도 없는 그 위대한 음악가의 마음 앞에서 저는 저절로 고개가 숙어집니다.

태양의 화가라고 불리는 고흐는 또 어떻습니까? 환각의 고통 속에서 37년이라는 짧고 괴팍한 삶을 살면서도 엄청난 대작들을 남겼습니다. 그가 과연 어떤 생각을 하고 살았는지, 어떠한 꿈과 상상 속에서 살았는지는 그의 자서전만으로는 도저히 알 수 없습니다.

그런 천재들의 삶은 우리에게 많은 것을 생각하게 합니다. 아마 그들은 혼자 있을 때 수평선을 꿈꾸는 사람들이 아니었나 싶습니다.

오랜만에 〈Time to say goodbye〉의 달콤한 멜로디에 빠지고 싶은 밤입니다.

행복은

어디에

아직까지는 지하철처럼 편하고 정확한 교통수단은 없는 것 같습니다. 원하는 시간 안에 가고자 하는 목적지에 빠르고 정확하게 데려다주기 때문입니다. 또한, 어떤 교통수단보다도 편안하고 안전할 뿐만 아니라 다른 지하철과의 연계도 서로 잘 되어 있어서 여기저기 다니기에도 참 편리합니다. 다만, 컴컴한 땅속을 달리기 때문에 내다볼 풍경이 없는 것이 단점입니다. 그래서 대부분 사람은 지하철 안에서 신문이나 책을 보거나, 이어폰으로 음악을 듣거나, 스마트폰으로 게임을 합니다.

저는 지하철로 출퇴근합니다. 그러다 보니 다양한 사람을 구경하는 재미도 있고, 그들의 표정을 보며 '저 사람은 무슨 생각을 하고 있을까?', '왜 저런 표정을 짓고 있을까?' 하며 나름대로 상상하는 즐거움이 있습니다. 휴대전화나 MP3, 스마트폰 등 개인용 전자기기를 사용하며 개개인이 만드는 표정도 다양해 그것을 구경하는 재미 역시 쏠쏠합니다. 또한, 스마트폰을 이용해 문장을 만드느라 젊은이는 빠르게, 나이 든 사람은 느릿느릿 문자를 누르는 손가락의 모습, 주위를 둘러보다가 서로 눈길이 마주치면 얼른 다른 곳으로 고개를 돌리는 모습, 천정만 바라보는 사람, 바닥만 내려다보는 사람 등 각기 다른 사람들의 모습을 보고 있다 보면 '사람 사는 풍경은 참 다양하구나.'라는 생각을 갖게 됩니다.

어느 날, 항상 그랬던 것처럼 아침 일찍 지하철을 타고 출근하다가 지하철 안 창문 위에 붙어 있는 작은 글 하나를 읽게 되었습니다. 항상 그 자리에 있었던 것인데, 평상시에는 별 관심 없이 지나쳤다가 그날은 유독 제 눈에 띈 것이었습니다.

글은 여섯 줄로 매우 짧았지만, 그 내용은 잔잔한 감동을 주기에 충분했습니다. 아니, 잔잔한 글이 큰 감동을 줬다는 표현이 맞을 것 같습니다.

놀라운 것은 그 글이 그곳뿐만 아니라 차량마다 정해진 위치에 붙어있는 것이었습니다. 자세히 들여다보니, 지하철 공사에서 시민들을 대상으로 공모하여 내용이 우수한 글을 게시해놓은 것으로, 승객들이 목적지까지 가는 동안 지루하거나 무료하지 않게끔 배려하는 것인 듯

했습니다.

전체를 다 실은 것은 아닌 것 같고, 감동적인 부분만 추려놓은 것으로 보이는 글은 대부분 평범한 사람들의 눈높이에서 바라본 일상에 관한 이야기였습니다. 그래서 더 잔잔한 감동을 주지 않았나 싶습니다. 그중 한 가지를 소개하면 다음과 같습니다.

"우리 집 아침은 고소한 참기름 냄새로 시작합니다. 아침 일찍 일어난 엄마와 아빠가 김밥을 싸기 시작하는 거죠. … (중략) … 엄마와 아빠의 키를 다 합해도 저보다 작습니다. … (중략) … 저는 엄마 아빠가 정성껏 싼 김밥을 출근길 거리에서 행인들에게 팝니다."

글을 읽어보니, 하루하루 벌어 먹고사는 장애인 부부와 그 자녀가 아침마다 김밥을 싸서 출근길 직장인들에게 파는 것 듯했습니다.

아이는 주로 지하철역 앞에서 출근하는 사람들에게 김밥을 팔 것입니다. 채 식지 않은 온기가 남아 있는 김밥을 파는 아이의 모습이 눈에 잡힐 듯합니다. 그런 풍경을 많이 봐 왔기 때문입니다.

아침을 먹지 못하고 출근하는 경우가 종종 있습니다. 그럴 때면 지하철역 입구에서 은박지에 돌돌 만 김밥 한 줄을 사서 간단히 끼니를 해결하곤 했습니다.

그 생각이 나서 그 글이 더욱 친근하게 다가왔는지도 모르겠습니다. 여섯 줄짜리 그 글을 그 아이는 "저는 엄마 아빠의 사랑을 사람들에게

나눠주었습니다."라고 끝맺고 있었습니다.

행복이라는 것은 정말 아주 작은 것에 있는 것 같습니다. 그리고 꼭 그런 것만은 아니겠지만, 행복은 잘 사는 사람들보다는 서민들의 생활 속에서 더욱 쉽게 찾을 수 있는 것이 아닌가 합니다.

내일 아침 출근길에는 김밥을 한 줄 사야겠습니다. 아침을 먹었어도 꼭 그렇게 하고 싶습니다. 손에 쥐어보면, 아직도 남아 있을 그 따뜻함은 행복을 나누어주는 누군가의 정성스러운 흔적일 것입니다.

오늘은 단편적이지만 도시 사람들에 관한 생각을 한번 꺼내보고 싶습니다. 저 역시 도시에서 나고 자랐으니, 저 같은 사람을 일컬어 도시에 사는 사람, 즉 도시 사람이라고 해도 과언은 아닐 것입니다.

똑같을 수야 없겠지만, 도시에 사는 사람들끼리는 어딘지 모르게 서로 비슷한 점이 있지 않을까 싶습니다.

매일 어딘가를 향해 열심히 달려가는 사람들, 또 어디선가 말없이 돌아오는 사람들… 지방에 사는 사람을 '지방인'이라고 부르는 것만큼이나 도시에 사는 사람을 '도시인'이라고 부르는 것 역시 어색합니다. 하지만 그냥 도시인이라고 부르겠습니다.

술에 취해서 휘청거려도, 가로수를 붙잡고 비틀거려도, 하늘을 바라보고 하소연을 해대도 사람들은 한번 흘낏 쳐다만 볼 뿐, 이내 무표정한 얼굴로 다시 제 갈 길을 부지런히 갑니다. 별 관심이 없기 때문입니다. 이런 모습을 주의 깊게 보는 사람은 거의 없습니다. 어느 새벽에 누군가가 바람같이 사라진다 해도 대부분 사람은 아무 관심도 없고, 표정에도 그다지 변화가 없을 것입니다.

서로에게 무관심하기 때문에 오히려 살기 편한 곳. 그곳이 바로 우리가 살고 있는 도시입니다. 그리고 그 안에 사는 말 없는 사람들. 간섭하기도, 간섭받기도 싫은 사람들이 제 입맛대로 여기저기서 살아갑니다. 지나치게 냉소적이고 편협한 생각인지는 몰라도 저는 이 도시의 모습을 그렇게 그려보곤 합니다.

서로에게 전혀 관심이 없는 듯하다가도 어떤 때는 지독한 관심을 두고 주변 사람들을 한눈에 무섭게 관찰하곤 합니다. 특히 자기의 이해가 걸린 문제일수록 더욱 그렇습니다. 다만, 내색하지 않으려고 할 뿐입니다. 내색한다는 것 자체가 자존심 상하는 일이고, 자기만 표시 나게 설친다는 게 마음에 내키지 않기 때문입니다. 그런 까닭에 많은 이들이 튀지 않고 군중 속에 묻혀 지내려고 합니다. 도시인들의 생리가 대부분 그렇습니다.

이 도시에는 그런 것에 익숙한 사람들이 별 불편함 없이 매일매일 잘 살아가고 있습니다. 그러니 인간미라는 것을 찾아보기 힘들뿐더러 마음 씀씀이 역시 매우 박해서 그나마 있던 정도 다 달아나고 맙니다.

남에 대한 배려라곤 콧구멍만큼도 없는 사람들로 북적댈 뿐입니다.

가만히 살펴보면, 모두가 한집에 사는 가족처럼 참 많이도 닮았습니다. 그래서 서로서로 좋아하지 않으면서도 은근히 이해하려고 애쓰는지도 모릅니다.

상황에 따라서는 극에서 극으로 변하기도 합니다. 아주 유순해지기도 하고, 아주 독해지기도 하며, 가여운 상황을 보면 마음이 매우 아픈 듯 어쩔 줄 몰라 하기도 합니다. 동정심도 많고, 이기심도 많고, 질투도 많고, 시새움도 많습니다. 인류의 행복을 위한 거창한 계획을 세우다가도 이내 포기도 잘합니다. 어떤 때는 별 쓸데없는 일에 지나치게 많은 시간과 공을 들이기도 하지요. 그리고 종종 남 탓을 하며 자기의 정당성을 세우는 일에 애쓰며 살아갑니다.

그러다 보니 내 뜻대로 되는 일도 별로 없고, 남의 뜻대로 되는 일도 별로 없습니다. 이런저런 불만은 있지만, 이런저런 이유로 그럭저럭 참으며, 대부분 서로의 그림자 속에 조용히 묻혀 삽니다. 여기서 잘 살려면 적당한 인내심이 필요하다는 것을 잘 알고 있기 때문입니다.

건물 사이에 부는 바람도, 포도(鋪道, 포장도로)에 내리는 비도, 도로 위에 쌓이는 눈도 도시인들의 모습과 비슷합니다. 그들의 마음도 역시 그런 모습입니다. 대부분 회색이며, 때로는 파스텔 톤입니다. 그래서 우울하고 침울해 보이지만 자극적이지는 않습니다. 사실 그런 색깔은 드러내놓기보다는 숨기는 것이 그 성격에 더 잘 맞습니다. 또 수줍음을 잘 타는 색깔이며 야한 것을 부끄러워하는 색깔입니다.

저는 이런 도시에 사는 것이 행복합니다. 매일 똑같은 생각과 행동을 지겹도록 반복하다 보니 신물도 나겠건만, 그래서 이제는 도시 생활이라는 것에 거의 달인 경지에 이르렀을 텐데도 사람들은 또 이런 저런 실수를 하며 삽니다. 비슷비슷한 실수를 하고 또 합니다. 앞으로도 계속 그럴 것입니다. 그런 모습이 종종 서로를 긴장하게도 만들고, 건강하게도 하기 때문입니다.

여하튼 그렇게 지내다 보면 일주일이 금방 지나갑니다. 그러다 만나는 금요일, 그 밤에 마시는 술 한 잔이 저를 또 미치도록 행복하게 만듭니다.

가방을 들고, 지하철을 기다리며, 온종일 사무실에 앉아서 서류를 만들고, 서류를 버리고, 또 건널목에서 신호등을 기다리는 우리에게는 이 도시를 잘 지키며 열심히 살아갈 책임이 있습니다. 그래서 각자 하루하루 열심히 살다가 다시 만나서 나누는 금요일 밤의 술 한 잔.

금요일 밤이 기다려집니다.

그들의 세계가 그리워집니다.

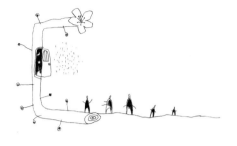

말씀언(言)에

절사(寺)

시(詩)라는 한자를 보면 말씀언(言)에 절사(寺)를 붙여 씁니다. 최근 우연치 않게 이 글자에 대해 잠시 생각해본 적이 있었습니다.

얼마 전 아내와 함께 계룡산에 갔습니다. 갑사에서 동학사까지 도보 산행을 했는데, 점심을 먹으며 그곳 토종 막걸리를 한잔하느라 꼼지락거리다가 출발이 늦고 말았지요. 그 바람에 동학사에 도착하기도 전에 어둠이 내려 산속을 헤매야 하는 상황에 부닥치고 말았습니다. '남매탑' 근처였는데, 다행히 그 바로 옆에 조그마한 절이 하나 있었습니다. 그러나 늦은 시간이어서인지 절 주변에는 아무도 없었습니다. 어둠이 이미 짙게 깔려 더는 길을 내려갈 수 없었던 우리는, 어쩌면 이곳에서 날이 밝을 때까지 머물다 가야 할지도 모른다는 생각에 스님을 찾아 부탁이라도 드리려고 했지만, 어디를 가셨는지 아무도 보이지 않았습니다.

별 대책 없이 우리는 남매탑을 한 바퀴 구경한 후 돌계단에 앉아 잠시 쉬었습니다. 조용한 산사에 앉아 있노라니, 눈앞의 걱정도 잠시. 참 호젓하고 좋았습니다. 먼 곳에서 들리는 나지막한 바람 소리 뿐, 주변은 참으로 조용했습니다. 너무나 한적해서 두려울 정도였지요.

저는 주변을 한 번 빙 둘러보았습니다. 절 처마 한쪽 끝에 달린 풍경이 바람에 살랑거리며 은은한 소리를 내고 있었습니다. 그러자 평상시 좋아하던 시 구절이 하나둘 떠오르기 시작했습니다.

그렇게 그곳에 잠시 머물면서 저는 시라는 글자를 말씀언에 절사로 쓰는 이유에 관해서 곰곰이 생각해보게 되었습니다. 물론 시라는 한자가 그렇게 만들어진 것은 아닐 테지만, 저는 그렇게 해석하고 싶었습니다.

그렇게 시간이 흘렀습니다.

결국, 우리는 스님을 만나지 못했습니다. 그러나 다행히 손전등을 들고 귀가하는 사람을 만나 함께 동학사까지 내려올 수 있었습니다.

그 기다림의 시간 속에서 저는 참으로 귀한 경험을 했습니다. 조용한 산사에서 잠시 생각에 잠기며 시라는 한자를 제 마음대로 한번 풀이해볼 수 있었기 때문입니다.

시를 읽는 세상이 되었으면 좋겠습니다. 누구나 하루에 한 편씩 시를 읽는 그런 세상이 되었으면 합니다.

아침 일찍 일어나서 깨끗하고 맑은 마음으로 시 한 편을 읽는 모습을 생각해보십시오. 상상만 해도 즐겁지 않습니까?

이미 어느 분께서 그와 똑같은 말씀을 하셨지만, 그렇게만 한다면 우리의 하루가 더욱 풍요롭게 열릴 것만 같습니다. 세월의 흐름에 뒤섞이며, 이리저리 부대낄 수밖에 없는 우리에게 산사에서 내려오는 한 줄기 시원한 바람처럼 시는 우리의 몸과 마음을 촉촉이 적셔줄 것입니다.

오늘 밤은 유난히 별이 많습니다. 도시에서, 그것도 아파트가 빼곡하게 들어찬 대단지 아파트에서 이렇게 많은 별을 보는 것은 참 드문 일입니다. 이런 날 담양에 있는 대숲마을에 가면 하얀 댓잎에 눈부시게 흐르는 별빛이 참 아름다울 것 같습니다.

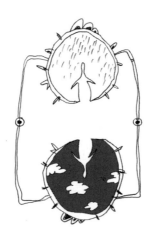

사람이 살면서 갖게 되는 갖가지 소망과 미련, 후회 등
모든 삶의 감정들과 다양한 경험이 희미한 박편처럼
우리 마음속에 이런저런 모양으로 떠다니다가
어떤 환경이나 분위기가 만들어지면 하나의 모습으로 나타난다고 합니다.

시
간
의

벽
을
넘
어
서

　송형*, 참 오랜만에 불러봅니다.

　어젯밤 천둥소리를 앞세운 비가 쏟아지는 하늘을 보면서 한참 동안 이런저런 생각에 잠겼습니다. 그러다가 별안간 송형 생각이 났습니다. 먹구름으로 잔뜩 가려진 하늘에는 아무것도 없었는데, 그 흐르는 어둠 속에서 중학교 시절의 운동장이며, 철봉, 수돗가가 어렴풋이 보였기 때문입니다. 그것들은 처음에는 아주 멀리 있었는데, 점점 선명하게 나를 향해 다가오는 것이었습니다. 아마 방과 후 운동장 한구석에서 책가방을 던져놓고 열심히 뛰어놀다가 별안간 쏟아지는 소나기에 철봉 한구석으로 우르르 몰려가던 우리 모습이 생각났기 때문인 것 같습니다.

생각이라는 것은 시간과 공간의 벽을 자유자재로 넘나들며 참으로 다양한 모습으로 나타나는 것 같습니다. 그 때문에 그것을 감잡을 수 없을 때도 종종 있습니다. '왜 하필이면 이 시간에 이런 생각이 드는지', 또 '그 시간에는 왜 그런 생각이 들었는지.' 그 이유를 정확히 알 수 없습니다.

누구 말로는 그러는 데는 다 이유가 있다고 합니다. 그래서 어떤 생각은 그런 분위기가 되었을 때 자기도 모르는 무의식 속에서 순식간에 튀어나온다고 합니다. 물론 생각이라는 것이 다 그런 것만은 아니겠지만 말입니다.

사람이 살면서 갖게 되는 갖가지 소망과 미련, 후회 등 모든 삶의 감정들과 다양한 경험이 희미한 박편처럼 우리 마음속에 이런저런 모양으로 떠다니다가 어떤 환경이나 분위기가 만들어지면 하나의 모습으로 나타난다고 합니다. 그래서일까요. 사람들의 모든 생각과 행동에는 반드시 그 이유가 있다는 것이 얼핏 이해가 됩니다.

하지만 솔직히 잘 모르겠습니다. 왜냐하면, 사람이란 워낙 돌출된 사고와 행동을 보이기도 하기 때문입니다. 그러니 그것을 부정하고 싶지는 않지만 매번 수긍하는 것도 좀 그렇습니다.

정말 예측하거나 감 잡기 어려운 경우가 참 많습니다. 개구리보다 훨씬 영리한 사람이 개구리가 어느 방향으로 뛸 줄을 모르는 것처럼 말입니다. 특히 내 눈으로 다른 사람들을 볼 때는 더욱 그렇습니다.

어딘가에 구속되는 것이 마냥 싫고, 자유로워지고 싶어서 이런 생각을 해봅니다만, 저 역시 저의 모든 생각과 행동에 아무 이유나 근거가 없다고는 할 수 없습니다. 어젯밤 비가 쏟아지는 하늘을 보면서 문득 송형 생각이 난 것도 분명 그 무의식 속에 어떤 이유가 있었으리라고 생각합니다. 오래전 학교생활이 불현듯 그리워졌던 것이 아닌가 합니다. 어떻든 참 반가웠습니다.

앞으로 살다가 무슨 생각이 나면 이렇게 간단히 편지를 보내려고 합니다. 물론 아주 가끔일 겁니다. 답장은 하지 않아도 좋습니다. 불편하지 않도록 하겠습니다.

가끔 시간이 쪼개져 부스러져 있을 때, 할 일이 있긴 한데 그렇게 급히 해야 할 일은 아닐 때, 입이 텁텁하여 페퍼민트 차라도 한 잔 생각날 때, 의자에 앉아서 몸을 잠시 뒤로 젖히고 두 팔로 팔베개라도 하게 될 때, 이 글이 심심풀이 땅콩이라도 되었으면 합니다.

* 송형 ─ 중·고등학교 동창인 서울대학교 사회학과 송호근 교수

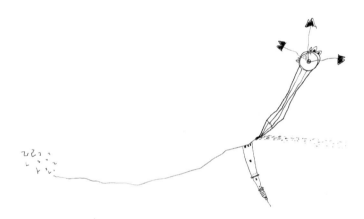

작가들은 때때로 진정한 삶의 모습을 찾아 수도승처럼 길을 떠나곤 합니다.
그것은 긴 고통과 고난의 길이기도 합니다.
하지만 그 누구도 그것을 찾을 때까지는 절대 돌아오는 법이 없었습니다.

좋은 글을 쓰고 싶습니다

별빛도 가물가물 흔들리는 밤입니다.

조용히 다시 펜을 듭니다. 오늘은 글을 좋아하는 한 사람으로서 글의 위증이라는 것에 대해서 생각해보려고 합니다.

위증이란 어떠한 사안에 대해서 거짓으로 증명하는 것을 말합니다. 만일 자기가 쓴 글이 가상의 문학적 허구가 아닌 자기 양심에 반하는 거짓이나 허위라면, 그것은 글을 쓰는 사람에게 있어 마치 위선과도 같은 매우 고통스러운 일일 것입니다. 왜냐하면, 그것은 문학적 허구를 위한 상상력이나 꿈과는 확연히 다르기 때문입니다. 글을 쓰는 사람으로서 하나의 죄악일 수도 있겠다는 생각마저 듭니다.

요즘 저는 그런 불편한 생각에 종종 빠지곤 합니다.

기록의 가치는 올바른 증언에 있다고 합니다. 그것이 개인적인 기록이건, 역사적인 사건의 기록이건, 문학적인 작품이건 간에 진정한 가치를 지니려면 거짓이나 위증으로부터 확실히 벗어나야 합니다. 그 때문에 증언이라고 할 수 있는 기록은 가식으로 꾸며지거나 위장으로 덮어져선 안 됩니다. 특히 문학 속에서의 증언은 그 어느 것보다도 진정성이 있어야 합니다. 예컨대, 시는 인간 삶의 족적에 대한 생생한 증언이 되어야 할 필요가 있으며, 그 증언의 중심에는 진정성이 있어야만 합니다.

저는 진정성에 대해서 이렇게 생각합니다. "진정성이라는 것은 따뜻하기보다는 차가워야 하며, 컬러풀하기보다는 흑백이어야 하고, 아스팔트보다는 흙길이어야 하고, 여름보다는 겨울이어야 하고, 태양보다는 달이어야 한다."라고.

진정성 있는 증언이란 과연 무엇일까요? 이런저런 다양한 모습을 하고 있더라도 그 밑바탕에는 우리 삶의 진솔한 모습을 담고 있는 것이 아닐까요? 특히 사람들의 생각과 태도를 다루는 문학에서는 장르를 막론하고 당연히 그래야만 한다고 생각합니다.

문학에서 위증과 위선은 그 생명을 끊는 것과도 같습니다. 그 때문에 작가들은 때때로 진정한 삶의 모습을 찾아 수도승처럼 길을 떠나곤 합니다. 그것은 긴 고통과 고난의 길이기도 합니다. 하지만 그 누구도 그것을 찾을 때까지는 절대 돌아오는 법이 없었습니다. 윌리엄 버틀러 예이츠가 그랬고, 헤르만 헤세가 그랬으며, 로버트 프로스트가 그랬습니다. 다형 김현승 역시 마찬가지였습니다.

그들이 부럽습니다. 저는 절대 그렇게 할 수 없기에 더욱 그렇습니다. 문학을 통해 삶의 증언과 진정성을 보여준 그들의 뒷모습이 너무도 크고 아름답습니다.

어느 날, 저는 그동안 쓴 시를 모두 불태워버렸습니다. 머릿속에 들어있던 생각들도 함께 불살랐습니다. 그리고 '이제 내 인생에서 시를 쓰는 일은 절대 없을 것'이라고 마음먹었지요. 알량한 자존심과 이기심이 저를 비좁은 위증의 무대 위에서 살게 했고, 그것이 멋인 줄 알고 착각하면서 참 편히도 산 것을 깨달았기 때문입니다. 그러니 시 역시 그런 생각과 태도에서 만들어지고 쓰였을 것입니다.

그때부터 저는 주어진 현실만 보고 살았습니다. 잠자고, 밥 먹고, 일하면서 반복적이며 규칙적인 삶을 살았습니다. 기쁜 마음으로 생활의 순간순간마다 최선을 다하려고 노력했습니다. 좋은 결과가 있으면 기뻐했고, 나쁜 결과가 생기면 슬퍼했습니다. 때로는 큰 소리로 웃고, 큰 소리로 울기도 했습니다. 그때그때의 감정과 이성에 충실했습니다.

사계절이 참 빠르게도 지나갔습니다. 보름달이 환한 빛을 뿌려대던 가을이 지나고, 백설기 같은 눈이 쏟아지던 겨울이 한참 지나고, 봄이 가고, 여름이 가고, 다시 가을이 왔습니다.

어느 날, 저는 그간의 생활을 하나하나 종이 위에 적어보았습니다. 긴 고통의 시간이었습니다. 저를 가두었던 위증이라는 웅덩이에서 빠져나오기 위해 무던히도 저 자신과 싸워야 했기 때문입니다. 다시는 그런 고통의 시간을 보내고 싶지 않습니다.

저는 시를 다시 쓰기 시작했습니다. 그런데 요즘 들어 자꾸만 이런 생각이 듭니다. 아직도 너무 사치스럽고 화려하게 꾸민 시를 쓰고 있는 것만 같다는.

저는 압니다. 여기서 고민이 더 깊어지면, 다시 시 쓰는 일을 그만둬야 할지도 모른다는 것을.

위증에는 반드시 한계가 있습니다. 그 한계에 부딪히게 되면 스스로 좌절하여 무너져 내렸다가 진정한 소생을 하기도 하고, 아니면 아예 철저한 위선자로 변해 남은 삶을 위대한 위선자로 살 수도 있습니다. 그중 어느 길을 가야 할지는 너무도 자명합니다.

좋은 글이란 과연 무엇일까요? 좋은 글을 쓰고 싶습니다.

매미 소리가 한창입니다. 도심 한복판, 아파트가 빼곡하게 들어선 곳에도 매미 소리가 가득합니다. 아침이면 나무 위에서 요란하게 울어 대는 매미 소리에 깜짝 놀라서 잠이 깨기도 합니다. 마치 숲속 한가운데 들어와 있는 것 같은 착각에 빠져서 눈을 뜨는 것입니다.

생각해보면, 매미는 도시가 아닌 산이나 숲속에 있어야 할 것인데, 이렇게 사람과 차로 복잡하고 시끄러운 곳에 있다는 게 의아할 따름입니다.

어린 시절, 우리는 매미를 잡기 위해 산으로 숲속으로 참 바쁘게도 돌아다녔습니다. 그때도 매미가 이런 시내까지 내려왔던가요?

요즘 매미들은 아파트 단지를 점령하고도 모자라 버스 정거장이 있는 큰 도로변 가로수까지 진출하였습니다. 그래서인지 손에 잡힐 듯 낮은 가로수 가지에 붙어서 우는 매미를 어렵지 않게 발견할 수 있습니다.

매미가 거기까지 내려온 이유를 저는 잘 모릅니다. 하지만 자동차 소음과 뒤섞인 매미 소리는 어린 시절 들었던 그 시원하고 넉넉한 소리라기보다는 귀가 따갑고 신경 쓰이는 치열한 생존의 소리로 들릴 뿐입니다. 도시의 치열한 소음을 이겨내려는 듯한 경쟁적인 격렬함마저 느껴집니다.

어쨌건, 매미와 도시… 글쎄요, 분명 서로 잘 어울리지도 않을뿐더러 쉽게 연결되지 않는 새로운 이미지임이 틀림없습니다.

하지만 시의 세계에서는 이렇게 서로 관계없는 아주 무관한 것들끼리의 대비와 충돌을 통해 또 다른 어떤 것에 대한 상상력을 창출해낼 수도 있습니다. 그런 점에서 매미와 도시는 자연과 문명의 대비라는 상징적 의미 속에서 인간과 자연의 공존에 대한 현실의식, 나아가 인간 삶의 영위에 수반될 수밖에 없는 자연생태의 파괴까지도 상상해볼 수 있습니다.

심산 문덕수 시인의 〈나비와 육교〉라는 시가 있습니다. 자연과 현대문명을 상징하는 두 존재의 비교를 통해 시공을 초월하는 동질감의 회복을 추구하려는 의도가 엿보이는 작품이었습니다. 나비는 육교라는 존재를 알 리 없고, 육교 역시 나비의 존재를 알 리 없지만 분명 한 시대에 존재하는 것들입니다. 매미와 도시 역시 마찬가지입니다. 매미는 아파트 단지로 대변되는 도시가 무엇인지 알 수 없고, 도시라는 존재 역시 매미에 대해 일말의 관심도 갖고 있지 않습니다. 알 수도 없고요. 하지만 모두 한 시대를 함께 살아가고 있습니다. 그 속에는 분명 우리가 알 수 없는 어떤 의미가 담겨있을 것입니다.

이와 같은 일이 우리 주변에는 매우 많습니다.

이 세상의 모든 것은 가능한 한 서로 관련이 있는 것끼리 모여서 살고 싶어 합니다. 하지만 그런 의도와는 무관하게 전혀 관계없는 것끼리 어울려서 살아가기도 합니다. 목숨이 있는 것이건 없는 것이건 마찬가지입니다. 그러다 보면 그 이유를 찾을 수도 있고 찾지 못할 수도 있습니다.

못 찾으면 못 찾는 대로 살아갑니다. 하지만 그 공존의 의미는 반드시 있게 마련입니다. 무지한 우리만 모를 뿐.

왜 하늘은 밤마다 눈 부신 별빛을 쏟아내고, 바람은 왜 내 손을 만지며 지나가는 것일까요? 왜 새벽은 이 시간에 우리를 어김없이 찾아오는 것일까요? 나뭇가지에 앉아 나를 쳐다보는 까치의 커다란 눈망울, 그리고 내 옆을 스쳐 지나가는 사람들. 거기에는 또 어떤 이유, 어떤 사연이 있는 것일까요? 그것들은 과연 나와 어떤 관계가 있을까요? 외국 유행가의 가사처럼 분명 무슨 이유가 있을 것입니다.

존재의 근원 속에는 분명 어떤 보이지 않는 자연의 원리가 숨어 있습니다. 무릇, 그 존재들의 관계가 궁금합니다.

백담사 만해 마을에 가면 어떤 실마리를 찾을 수 있을까요? 불현듯 만해의 시가 그립습니다.

나는 존재의 가벼움

아침 출근 시간에 지하철을 타기 위해 지하도 계단을 내려서면 아주 이른 시간임에도 많은 사람을 만나게 됩니다. 지하철을 바꿔 타기 위해 역에서 역으로 이동할 때는 사람들의 무리 진 발소리가 마치 군화 소리처럼 용감하게 들리기도 합니다. 이런 모습을 볼 때마다 건강한 삶의 치열하고 긴장된 현장을 보는 것만 같아 저절로 힘이 솟기도 하고, 가슴이 두근거리기도 합니다. 생동하는 도시의 힘을 보는 것 같기 때문입니다.

저는 지하철이나 버스를 타고 출퇴근하는데, 주로 지하철을 많이 탑니다. 책도 보고, 이런저런 생각도 하고, 사람들 표정도 살피는 재미가 퍽 쏠쏠하기 때문입니다. 캄캄한 지하로만 다니니 무료함이 생기기도 합니다. 아무것도 볼 게 없기 때문입니다. 반면, 버스는 차창에 비치는 바깥 풍경을 구경할 수 있어 심심하지는 않은데, 도착시간을 감 잡을 수 없는 것이 단점입니다.

어떻든 저는 버스보다는 지하철을 자주 이용합니다.

며칠 전 우연히 버스를 타고 귀가하게 되었습니다. 한참 버스를 기다려야 했던 경험이 있기에 다소 망설였지만, '그래도 오늘은 괜찮겠지'하는 생각에서 버스 정거장으로 향했습니다. 사실 출퇴근 시간대에는 워낙 차가 밀려서 이삼십 분 정도 기다리는 것은 예사입니다. 그래도 제가 타는 버스는 다른 버스에 비해 자주 오는 편인데도 퇴근 시간만은 어쩔 수 없는 것 같았습니다.

'곧 오겠지'하는 위안을 하며 저는 버스를 기다렸습니다. 그러나 한참을 기다려도 버스는 오지 않았습니다. '또 내 생각이 틀렸구나!'라는 생각이 들었습니다.

후회 끝에 지하철역으로 돌아가려다가, 이내 생각을 고쳐먹었습니다. 조금 더 기다려보기로 했습니다. 그때까지 기다린 시간이 너무 아까웠기 때문입니다. 그러나 더 기다려도 버스는 오지 않았습니다.

그때 저는 가방을 든 채로 엉거주춤 서 있었는데, 무료함에 주변을 한 번 빙 둘러보았습니다. 잘 아시겠지만, 버스 정거장에는 비를 막을 수 있는 작은 지붕과 그 밑에 조그만 벤치가 있는데, 몇몇 사람이 거기에 앉아 있었고, 대부분은 선 채로 버스를 기다리고 있었습니다. 누구는 휴대전화를 꺼내 보고, 누구는 허공을 바라보며, 또 누구는 길 건너편을 바라보고… 사람들은 서로에게 전혀 관심 없이 제각기 자기 일을 하고 있었습니다.

마음이 슬슬 급해지기 시작했습니다. 무슨 중요하고 급한 약속이 있었던 것도 아닌데, 버스를 기다리는 일이 점점 짜증나기 시작했습니다. 그러다 보니 공연히 마음이 급해지면서 아무 이유도 없이 불안해졌습니다. 급기야 저는 버스 정거장 앞에서 왔다 갔다 하기 시작했습니다. 정서가 불안정한 사람처럼, 뭔가에 쫓기는 사람처럼 말입니다. 아마 누군가가 그런 저를 유심히 지켜보았다면 "저 사람은 지금 아주 급한 약속이 있거나, 아니면 정신불안증을 심하게 앓고 있을 것"이라고 생각했을지도 모릅니다. 저 자신이 저를 볼 때 분명 그렇게 느껴졌기 때문입니다.

버스가 빨리 오지 않는 것에 대해 마음이 자꾸 초조해지고 불안해지는 현상, 별 이유도 없이 무엇이건 빨리빨리 해야만 직성이 풀리는 마음 상태, 그래서 안절부절못하며 이리저리 왔다 갔다 하는 모습….

이것이 그날 저의 모습이었습니다. 다른 사람들처럼 느긋하게 기다리지 못하고, 수조에 갇힌 성질 급한 물고기처럼 바쁘게 왔다 갔다 하던 불안한 존재가 바로 저였습니다.

얼마 후 그렇게 목을 빼게 만들던 버스가 왔습니다. 그제야 창피함을 느낀 저는 버스 안에서 생각에 잠겼습니다.

치열한 생활전선에서 살아남기 위해 항상 긴장하며 살아야 하는 현대인의 생활 지침을 그럴싸하게 들이대기에는 인내심 없이 살아온 제 모습이 너무도 창피했습니다. 여유라곤 전혀 없는 급하고 팍팍한 모습에 스스로 실망하였습니다. 이런 자세에서 무슨 깊은 사고를 하고, 어떤 좋은 글이 나오겠냐는 부끄러움에 한동안 차창 밖을 내다보았습니다. 다른 사람들은 침착히, 인내심을 갖고 버스를 묵묵히 기다리고 있었건만, 유독 저만 그런 모습을 보였던 것이 영 마음에 들지 않았습니다.

오래전에 회사 일로 지방 출장을 가서 시외버스를 타기 위해 기다린 적이 있습니다. 그때도 똑같았습니다. 다른 사람들은 인도 한쪽에 서서 조용히, 아주머니들은 편안히 쪼그리고 앉은 채로 넉넉한 표정을 지으며 버스를 기다렸는데, 유독 서울에서 출장 간 저와 제 동료만이 버스 정거장 앞에서 마치 무엇에겐가 쫓기는 불안한 닭처럼 산만하게 왔다 갔다 한 것입니다.

얼마나 여유 없는 사람으로 보였을까요? 평상시에 불안하고 초조하게 살아온 모습을 숨길 수 없었던 것입니다.

진정성 있는 치열함 속에서 좋은 상상력과 꿈을 통해 좋은 글이 나온다고 생각합니다. 또 그러한 치열함은 여유로움을 동반할 때 비로소 빛을 발할 것입니다.

오늘은 제가 저 자신에게 또 한 번 실망한 날입니다. 이제부터는 가능한 한 무엇에도 실망하지 않고 살아야 할 텐데, 그것이 뜻대로 되지 않는 저 자신이 참으로 안타깝습니다.

송형,

그렇게 멀지 않은 과거에 '정의 사회 구현'이라는 캐치프레이즈가 현관에 걸렸던 경찰서를 봤던 기억이 납니다. 지금 생각해도 그 캐치프레이즈는 참 의미 있고 멋있는 문구가 아닐 수 없습니다.

너무도 당연한 이야기지만, 이 '정의 사회'라는 것은 인간 개체들이 모여서 사회를 구성하고 유지하는 데 있어서 가장 기본이 되어야 하는 올바른 삶의 틀이 아닌가 합니다.

그 캐치프레이즈를 내걸었던 당시 사회가 과연 그런 사회였는지는 모르겠습니다만, 궁극적으로 이 세상을 살아가는 모든 사람의 공통된

희망 중 하나가 정의로운 사회임은 자명합니다. 사회학과 교수인 송형 앞에서 사회에 관해 이야기하는 것이 마치 공자님 앞에서 문자를 쓰는 것만 같아서 우습기 그지없지만, 그것에 관한 저 나름의 생각을 한번 얘기해보려 합니다.

'국산사자음미실…'

초등학교 시절 국어, 산수, 사회, 자연, 음악, 미술, 실과 과목의 앞글자를 따서 그렇게 부르곤 했지요. 그중 국산사자는 기본 필수과목이었고, 음미실은 예능과목이었습니다. 모든 과목을 크게 분류하면 대부분이 이 국산사자음미실 어느 하나에 속할 것입니다. 모두 중요한 과목임이 틀림없지만, 굳이 상대적인 중요도를 따진다면 국산사자가 음미실보다 더 중요하게 취급받았습니다. 특히 사회 과목은 장차 올바른 사회인으로서 사회생활을 할 수 있도록 돕는 과목이었습니다. 그래서일까요? 사회생활을 해나가면 해나갈수록 사회 과목의 중요성에 관해서 거듭 절감하게 됩니다. 다양한 계층이 존재하고, 상호 이해관계가 복잡하게 얽혀 있는 현대사회에서는 더욱 그렇습니다.

신문 보도나 방송 매체를 통해 알려진 사람들의 비인간적인 모습을 보는 것은 이제 너무 익숙해진 나머지 더는 놀랄 일이 아닙니다. 그와 반대인 경우 역시 마찬가지입니다. 인간적이건, 비인간적이건, 세상에 이런 일이 있다니! 하고 놀라는 것도 그 순간뿐입니다. 잠깐의 관심이나 호기심뿐, 이내 평상시의 무관심한 표정으로 돌아오기 때문입니다.

요즘 사람들은 주변의 놀라운 일에도 상당히 무뎌져 있는 것이 사실입니다. 저는 신문 보도나 방송 매체를 통해 그런 비인간적이고, 불의한 사건을 대할 때마다 사회 공부가 잘못된 데 그 원인이 있다고 생각합니다. 그 때문에 적어도 사회 공부만은 기본부터 제대로, 그리고 성장과 함께 꾸준히 해야 할 필요가 있다고 생각합니다. 하지만 그 중요성에 관해 절감하지 못하고 있는 것이 우리 현실이지요.

저는 송형이 쓴 칼럼에 나오는 단어 하나하나를 정독합니다. 그리고 그것을 읽을 때마다 항상 두 가지 도구를 떠올립니다. 바로 '잣대'와 '칼날'입니다.

언젠가 송형도 그런 말씀을 했지요? "잣대는 사회의 건강성을 잴 때 쓰는 것이며, 칼날은 병든 부분을 도려낼 때 쓰이는 것이다."라고.

저같이 직장에 파묻혀서 제 이익만 추구하며 살아가는 사람들에게는 이 사회의 환부가 잘 보이지 않습니다. 설령, 도려내야 할 환부가 보인다고 해도, 그것이 제 이익과 별 관계가 없다면 관심조차 두지 않는 것이 사실입니다. 또한, 이는 저만이 아닌 귀 아래까지 모자를 깊게 눌러 쓰고 사는 대부분 사람에게 해당하는 얘기이기도 합니다.

그런 점에서 볼 때 이 사회를 올바른 방향으로 이끌어가는 것은 몇 퍼센트의 엘리트 선도계층에 지나지 않는다는 말은 어느 정도 옳습니다. 그들은 이 사회의 정의를 위하여, 건강한 사회를 위하여 사회라는 몸체에 시퍼런 잣대와 칼날을 들이댈 수밖에 없습니다. 정치, 경제, 문화, 그리고 종교와의 갈등, 국가 대 국가, 개인 대 개인의 문제, 상호 복잡한 이해관계 등 우리의 모든 생활은 사회라는 조직 안에서 실타래처럼 얽히고설켜 가기 마련인데, 이것이 잘못 얽히기 시작하면 '정의'라는 것이 존재할 수 없음은 자명한 일입니다. 그래서 저는 그 예리한 두 가지 도구가 좀 더 깊고 아프게 이 사회에 들이 대어지는 것이 마땅하다고 생각합니다.

사회학은 사람들의 생각과 행동, 관계 등 모든 것을 전체적으로 아우르는 사람에 관한 학문임이 분명하고, 인간이 존재하는 한 영원히 함께 존재해야 하는 분야가 아닌가 합니다. 그래서인지 사회학처럼 생명이 길고 무한하며, 하루하루가 새로운 학문은 없습니다.

좀 지나치게 역설적으로 말하자면, 인간이 존재하는 한 결코 올 수 없는 사회가 바로 '정의 사회'가 아닌가 합니다. 그러니 사회학이 인류의 정의 사회 구현을 추구한다고 보면, 사회학의 끝은 없는 것이나 마찬가지일 것입니다.

저는 이 사회에서 그런 역할을 맡은 송형을 존경하지 않을 수 없습니다. 목숨이 달린 모든 생명체는 병이 깊어지면 죽게 마련입니다. 죽기 전에 정확한 진단과 처방을 받으면 살 수 있고, 그렇지 않으면 숨이 끊어지고 마는 것이 세상의 이치입니다. 그런 점에서 송형의 사회적 진단과 처방이 '정의 사회'를 만들어 가는 데 큰 힘이 되리라고 믿으며, 건강한 사회를 위하여 애쓰는 송형께 감사할 따름입니다.

사회학의 '사'자도 잘 알지 못하는 제가 틀리는지 맞는지도 모르고 이것저것 생각해보았습니다. 이해 바라며, 항상 송형의 건승을 기원합니다.

독선과 화합

얼마 전 시청 앞 광장에 수많은 불도(佛徒, 불교도)가 모인 적이 있었습니다. 당시 저도 그 현장에 있었는데, 나중에 신문 보도를 보니 십만 명이 넘는 군중이었다고 하더군요. 그도 그럴 것이 그날 모인 승려와 신도들은 그 넓은 시청 앞 광장을 모두 메우고도 모자라 주변 도로까지 가득 채웠습니다.

그렇게 많은 불도가 같은 시간 같은 장소에 모인 것은 개국 이래 처음이었다고 합니다. 정부의 종교 편향에 대해 항의하고, 시정을 요구하기 위해 모인 그분들을 보면서 몇 가지 생각이 들었습니다.

사실 저는 종교에 관해 얘기할만한 위치에 있지 않습니다. 지식수준도 그렇거니와 경험 역시 부족하기 때문입니다. 그러니 특정 종교를 거론할 만한 입장은 더더욱 아닙니다. 하지만 종교가 사회에 주는 힘은 가히 폭발적임을 아주 잘 알고 있습니다. 개인에게 미치는 영향 역시 마찬가지입니다. 과거와 현재도 마찬가지지만, 앞으로도 종교로 인한 인간 사회의 갈등과 대립, 반목 등 대소사는 끊이지 않을 것입니다.

불교는 우리나라의 역사와 함께 그 고락을 함께 해왔습니다. 외세의 침략으로 나라가 위험에 빠졌을 때는 분연히 일어나 외세에 대항해 싸웠고, 나라의 독립을 위해 많은 피를 흘리기도 했습니다. 그 외에도 나라의 번영과 안녕을 위해 참으로 많은 일을 했지요. 서양 문물의 유입과 함께 흘러들어온 천주교나 기독교 역시 나라와 민족을 위해 적지 않은 일을 했습니다.

어느 종교는 배타적이고, 어느 종교는 포용적이라고 하는 것은 그 종교가 가진 특성과 맞물려 나타나는 것일 뿐입니다. 그럼에도 종교 간의 분쟁은 정말 복잡하고 치열한 양상으로 나타나곤 합니다.

사람들은 왜 종교를 갖는 것일까요? 사후에 천국이나 극락세계에 가기 위해서일까요? 평소 죄를 많이 짓고 살기 때문에 그 죄를 용서받기 위해서일까요? 아니면, 죽음이라는 엄연한 현실 앞에서 한없이 무력한 것이 인간이라서 그런 것일까요? 사는 동안 어딘가에 기대지 않고는 불안하기 그지없는 인간의 속성 때문일까요? 그 외에 다른 이유가 있다면 또 무엇일까요?

수도승을 떠올려 봅니다. 세상과 단절된 공간에서 심신을 수련하며,

오로지 고행과 고난의 길을 걷는 그 모습을 생각하면 가슴이 저절로 두근거립니다. 평소 조그만 일에도 감동을 자주 받는 저의 연약한 마음 때문에 그럴 수도 있지만, 속세를 떠나 자기와의 싸움을 외롭게 해나가는 그들을 보면 보이지 않는 종교의 힘을 느끼기에 더욱 그렇습니다.

믿음직스럽게 서 있는 산을 보면 마음이 안정되고, 그 산을 더욱 소중하게 가꾸게 됩니다. 수도승 역시 마찬가지입니다. 수도승의 주름진 얼굴을 보면 왠지 마음이 숙연해집니다. 그러다 보니 그가 믿는 종교를 신뢰하게 되고, 자연스럽게 관심을 두게 됩니다.

건강한 사회 안에서는 올바르게 사는 사람을 보면 누구나 그 사람을 따라 하고 싶어집니다. 그렇게 하는 것이 편안하기 때문입니다. 종교 역시 그 종교를 믿는 사람들이 올바른 생각과 행동을 하며 훌륭한 모범을 보인다면 자연스럽게 다른 사람의 관심을 끌게 될 것이 자명합니다. 저는 그것이 곧 종교의 자연스러운 확산이며, 이를 통해 사회가 더욱 건강해지고 밝아진다고 생각합니다. 하지만 그렇지 않은 경우도 매우 많습니다. 특히, 종교는 사람의 영적인 면을 통제하기 때문에 한 사람의 잘못된 지도자로 인해 많은 사람이 마음에 상처를 받거나 잘못된 삶을 살 수도 있습니다. 실제로 그런 경우도 많습니다. 그래서 저는 종교지도자만큼은 그 누구보다도 건강하고 뚜렷한 사회적 사명감이 있어야 한다고 생각합니다. 대중은 생각보다 우매하고, 맹신적이어서 리더로부터 쉽게 영향을 받고 행동하기에 더욱 그렇습니다.

저는 신앙생활에 있어서 가장 기본이 되어야 하는 것은 바로 자기 자신에 대한 정립(正立, 바로 세움)이라고 생각합니다. 자기 자신이 올바른 판단력과 시각으로 바로 서야만 다른 사람을 인도하고 지도할 수 있기 때문입니다.

시청 앞에 모인 많은 불도를 보면서 저는 화합에 관해서 생각해보았습니다. 알다시피, 이질성을 가진 것과의 화합은 매우 어렵지만 목적을 달성했을 경우 남다른 의미가 있습니다. 그 해결책은 바로 공존입니다. 공존해야 한다는 엄연한 현실을 받아들여야만 화해할 수 있기 때문입니다.

이 세상을 살면서 경험하는 일 중 가장 대표적인 화합의 모습이 바로 올림픽이 아닌가 합니다. 저는 올림픽이 열릴 때마다 세계 각지에서 모인 선수들이 한 몸이 되어 뒹구는 모습을 보며 감동의 눈물을 흘리곤 합니다.

세계의 역사는 종교의 역사라고 해도 될 만큼 항상 종교의 힘은 막강했습니다. 개인과 사회를 파멸시킬 힘도, 저 어둡고 깊은 나락에 빠진 사람들을 구해낼 힘도 모두 종교에서 나옵니다. 그 때문에 종교는 분쟁과 갈등을 넘어서 화합을 위한 노력에 더욱 공을 들여야 할 필요가 있습니다.

그런 점에서 비록 종교마다 그 탄생 배경과 내세관이 다르고, 수행과 선교 방법 역시 다르지만, 공존을 위한 화합만큼은 모든 종교가 공통으로 펼쳐야 할 사명이 아닐까 합니다. 독선적이고 배타적인 사람은 결국 혼자가 될 뿐입니다.

지구가

뒤집힌다면

요즘 연예계를 떠들썩하게 하고 있는 어느 걸 그룹의 노랫말 중 '지구를 뒤집자'라는 표현이 나옵니다. 그 말을 가만히 들여다보면 참 재미있는 표현이 아닐 수 없습니다. 뭔가가 원하는 바대로 일이 잘 안되면 차라리 확 뒤집어 버려라, 아예 판을 깨어버려라, 그래서 만년 꽁지가 그 잘난 머리도 한번 되어보고, 남들처럼 한번 잘 되어봤으면 하는 마음이 담겨 있기 때문입니다.

이런저런 사람들이, 이런저런 이유로, 이런저런 불평불만을 갖고 있지만, 또 이런저런 이유로 그럭저럭 참아가며, 그럭저럭 제 길 위에서 살아가고 있는 이 지구가 한번 뒤집힌다면 과연 어떻게 될까요? 아마도 불평불만으로 사는 사람들은 무척 신이 날 것이 틀림없습니다.

그렇다고 해서 이 지구를 뒤집을 수야 없겠지만, 세상이 확 바뀌어서 신나는 일이 많이 생겼으면 하는 것은 이 세상을 살아가는 사람이라면 — 꼭 사회에 불만을 품고 사는 사람들이 아니더라도 — 모두 한두 번쯤 생각해봤을 법한 다소 발칙하고 즐거운 상상이 아닐까 싶습니다. 지구가 뒤집어져서 누구한테는 좋게 되고, 누구한테는 나쁘게 되고 하는 계산은 차치하더라도, 일정한 틀에 박혀 매일 똑같은 일을 반복하며 살아가는 사람들은 뭐 그런 신나는 일 좀 없을까, 다람쥐 쳇바퀴 도는 듯한 생활을 확 바꿔서 좀 재미나게 살 수 없을까, 하는 생각을 종종 하기 때문입니다.

뒤집는다는 것. 빈대떡이나 파전을 부칠 때 한 면이 익으면 이를 가차 없이 뒤집어 놓습니다. 이는 다른 면을 익히려는 이유도 있지만, 너무 오래 두면 이미 익은 면이 타버린 나머지 먹을 수 없기 때문이기도 합니다. 그 때문에 적당한 시기에 뒤집어 놓는 것입니다. 물론 빈대떡 뒤집기와 세상 뒤집기는 다르겠지만, 뭘 뒤집는다는 명제 자체는 현재의 상태를 백팔십도 바꾼다는 것이기에 지금과는 전혀 다른 완전히 새로운 분위기가 창출되는 것은 지극히 사실입니다.

지구를 뒤집자! 참 재미있지 않겠습니까? 너무 흥미진진할 것 같습니다. 만일 그렇게만 된다면 여기저기서 비명이 마구 들릴 것 같고, 온통 야단법석이 날 것입니다. 비록 그런 야단법석이 우리가 사는 이 판, 즉 현실을 아예 깨부수지는 못하더라도 사람들에게 엄청난 긴장감과 불안감은 심어주기에 충분할 것입니다. 묘하고 신선한 흥분과 기대감 같은 것 역시 심어줄 것입니다.

저는 그냥 좋게만 생각해서 전자보다는 후자로 상상해보고 싶습니다. 현실에 불만이 있건 없건, 내게 이익이 되건 안 되건, 그런 것은 따지지 않고, 우리가 사는 이 지구를 가끔은 한 번씩 뒤집을 필요도 있을 것 같기 때문입니다.

뒤엎는 것이 아니라, 뒤집는 것입니다. 조용했던 조직과 사회가 별안간 와글와글해지고 시끌벅적해질 것이 틀림없습니다. 그리고 이를 통해 상대방의 입장과 처지에 서서 상대방을 이해할 수 있다면 참 흥미로울 것 같습니다.

세상에 대한 불평불만에 가득 찬 사람들이 꿈꾸는, 현실 반항적이고 보복적인 심리에서 나오는 그런 판을 깨는 뒤엎기가 아닌, 생활 분위기의 반전을 위한 지구 뒤집기는 모든 계층의 사람들에게 묘한 긴장감과 함께 꽤 흥분되는 생활의 신선한 기회를 줄 것입니다. 그 결과, 그동안 할 수 없었던 것들을 한번 시도해보고, 나아가 불가능했던 것 역시 가능하게 할 수 있는 그런 싱싱하고 도전적인 시간을 모두가 한번 경험해봤으면 합니다. 지구가 기성에 물든 피곤한 생활의 터전이 아닌 새로 생긴 놀이터처럼 되어서 그 안에 살면서 신나고 재미있는 시간이 삶의 중간마다 들어와 생활에 지친 사람들을 와글와글 재미있게 흔들어 놓았으면 합니다. 상상만으로도 즐겁지 않습니까?

오늘은 밤하늘이 유난히 어둡습니다. 장마철이라고 하는데, 비는 오지 않고 구름만 잔뜩 끼어 있습니다. 하늘과 땅이 모두 깜깜합니다.

혹시 지구가 뒤집어진 것은 아니겠지요?

절대고독을 느낄 수 있다면

가을이면 생각나는 시인이 있습니다. '절대고독'을 노래했던 다형 김현승이 바로 그입니다. 그러고 보니 그가 우리 곁을 떠난 지도 벌써 30여 년이 훌쩍 넘었습니다.

그는 유난히 가을과 인연이 깊었던 시인이 아닌가 합니다. 릴케도 있고, 구르몽도 있고, 헤세도 있지만, 그의 가을은 유독 외로운 구도자의 모습을 떠올리게 하기 때문입니다.

가을은 왜 고독한 계절일까요? 사람들은 왜 가을이 되면 유난히 고독을 떠올리는 것일까요? 떨어지는 나뭇잎, 스산한 저녁 바람, 깃을 세운 외투 자락, 헝클어진 머리카락… 혹시 이런 것들 때문일까요? 아니면, 화려한 여름 뒤에 오는 계절이기 때문일까요? 서럽도록 눈부신 파란 하늘 때문일까요?

여름이 화사한 여왕의 앞모습이었다면, 가을은 멀어져가는 수도승의 뒷모습과도 같습니다. 여름이 빨간색이었다면 가을은 고동색입니다. 또 여름이 사이렌이라면, 가을은 먼데 종소리와도 같습니다.

"껍질을 더 벗길 수도 없이 단단하게 마른 흰 얼굴"로 시작되는 다형의 〈견고한 고독〉은 파란 하늘을 배경으로 외롭게 서 있는 하얀 나뭇가지를 연상케 하면서 우리 마음에 파고드는 아주 잘 익고 딱딱한 고독을 조용히 그리게 합니다. 그 고독은 '결정(結晶)된 빛의 눈물' 또는 '그 이슬과 사랑에도 녹슬지 않는 견고한 칼날 — 발 딛지 않는 피와 살'에 비유되다가 마지막에는 '쌉쌀한 자양'의 맛을 주는 '굳은 열매'로 형상화됩니다.

저는 이 시에서 '목관악기의 가을'이라는 표현에 주목하고 싶습니다. 마를 대로 마른 목관악기의 가을이란 과연 어떤 것일까요?

알다시피, 목관악기란 나무로 만든 관악기를 말하는 것으로, 이런 악기가 내는 소리야말로 바로 가을의 소리일 것입니다. 그 소리는 매우 고독한 수도승의 기침 소리와도 같고, 하얀 나뭇가지와도 같습니다. 여럿이 어울려서 내는 소리가 아니라 혼자서 고요히 내는 소리로 너무도 맑고 곧아서 가을의 고독을 더욱 단단하고 여물게 하기 때문입니다.

"나는 이제야 내가 생각하던 영원의 먼 끝을 만지게 되었다. 그 끝에서 나는 하품을 하고 비로소 나의 오랜 잠을 깬다. 내가 만지는 손끝에서 아름다운 별들은 흩어져 빛을 잃지만, 내가 만지는 손끝에서 나는 무엇인가 내게로 더 가까이 다가오는 따스한 체온을 느낀다. … (중략) … 나는 내게서 끝나는 무한의 눈물겨운 끝을 내 주름 잡힌 손으로 어루만지며 어루만지며, 더 나아갈 수 없는 그 끝에서 드디어 입을 다문다 — 나의 시는."

다형의 '견고한 고독'은 마침내 '절대고독'에 이릅니다.

하품을 하고 비로소 오랜 잠을 깨고서 이르게 되는 것이 그의 단단히 여문 고독, 바로 그것입니다. 하지만 거기에는 아무나 이를 수 없습니다. 영원성과 무한성을 가진 것이 바로 절대 고독이기 때문입니다. 그 때문에 그것은 인생의 완성을 이룬 사람만이 이를 수 있는 자각의 최고 단계가 아닐까 합니다.

저는 아직도 그러한 고독을 잘 모릅니다. 그러면서 고독이 이러니저러니 주절거리곤 합니다. 언제 하품을 하고, 언제 그 오랜 잠에서 깨어날지도 모르겠습니다.

그런 고독을 맛본다는 것은 너무도 가슴 설레는 일일 것입니다. 단 한 번만이라도 좋으니, 이 가을에 그 고독이 나를 스쳐 지나갔으면 합니다. 어느 한순간, 등 뒤를 스쳐 사라져도 좋을 그런 다형의 고독을 맛보는 이 가을이 되었으면 합니다.

때가 되면 모든 것이 다 떠나게 된다

하늘에서나 바다에서나

구름같이 파도같이

생각하며 사랑하며 살아왔던 내 주변의 것들

마른 풀 잎사귀에도

여윈 나뭇가지에도

떠나야 하는 시간이 다가온다

이별을 할 줄 아는 모든 것들에게는

그래서 이 가을이 참 많이 기다려진다

이 시간에는

떠나려 하는 모든 것들과 함께 있으면 된다

제 몸 한 조각 곱게 채색하여

먼 길을 떠나보내는 나무처럼

모든 것들을 찾아오는 바람에 맡기면 된다

— 자작시, 〈가을날〉

삶이 내게 가르쳐준 것들

인간은 너무도 외롭고 약한 존재이기에, 그리고 언젠가 한 번은 있을

죽음에 대한 두려움과 함께 앞으로 닥쳐올 미지의 현상에 대해

한없이 불안해하고 초조해하기에,

뭔가 잘 보이지 않고 잡히지 않는 절대적인 것에 한없이 매달리려고 합니다.

하지만 그럴수록 자꾸 나약해지고 병들어 갈 뿐입니다.

우리의 삶은 언제나 비가 오고 바람이 붑니다.

눈 부신 햇살과 아지랑이, 추억을 함께 했던 친구들, 선생님…
세월이 그 모든 것을 그리움으로 물들게 합니다.
그립습니다, 보고 싶습니다, 그때 그 모든 것이.

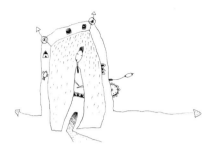

3월,

눈부신 어느 날

날씨가 퍽 따뜻해졌습니다. 이제 며칠만 있으면 메말랐던 나뭇가지마다 파란 새순이 돋아나겠지요. 그리고 조금 더 있으면 길게 늘어져 바람결에 이리저리 흔들리며 춤추는 수양버들도 볼 수 있을 것입니다.

이맘때면 저는 중학교 시절 국어 시간이 생각나곤 합니다.

교실 유리창을 통해 내다보는 봄날 바깥 풍경은 너무도 포근했습니다. 고사리보다 작은 아지랑이가 눈앞에서 모락모락 피어오르고, 간간이 부는 바람에 운동장에서는 흰 먼지가 밀가루처럼 날렸지요. 조금 멀리에는 긴 겨울 동안 온갖 추위를 잘 이겨낸 작은 나무들이 서로 어깨동무하듯 줄을 맞춰 서 있었습니다.

그것을 보고 있노라면 시소와 그네, 철봉이 있는 백사장으로 달려가고 싶은 생각에 온몸이 근질근질했습니다. 그러니 선생님 말씀이 머릿속에 제대로 들어올 리 없었지요. 수업 끝을 알리는 종소리와 함께 우리는 그곳을 향해 달렸습니다. 헐레벌떡 그곳에 도착했을 때는 하늘이 노랗게 보일 정도였지요. 짧은 시간 안에 최대한 많이 놀기 위해 우리는 그렇게 항상 뛰어다녔습니다.

점심시간이 지난 5교시에는 쏟아지는 졸음이 우리를 괴롭혔습니다. 특히 공부를 못했던 저는 매번 졸기 일쑤였고, 반장도, 부반장도 예외는 아니었습니다. 공부를 잘하는 종현이도 가끔 졸았습니다. 아마 선생님도 졸음을 참기가 매우 힘들었을 것입니다. 교실 유리창으로 들어오는 눈부신 봄 햇살이 우리 모두를 포근한 꿈나라로 데려가기에 전혀 모자람이 없었기 때문입니다. 그러나 쉬는 시간이면 언제 그랬느냐는 듯이 다시 운동장으로 뛰어나가 펄쩍펄쩍 뛰며 놀았습니다. 수업 시간에는 졸고, 쉬는 시간에는 열심히 논 것입니다. 수업 시간 50분에 비하면 쉬는 시간 10분은 너무도 짧은 시간이었지만, 우리는 공도 차고, 철봉도 하고, 여기저기 뛰어다니며 그 짧은 시간을 꽉꽉 채워서 놀았습니다.

국어를 좋아했기 때문인지, 당시 국어 선생님이 아직도 기억에 남아 있습니다. 머리가 조금 곱슬곱슬한 선생님이었지요. 한 손에는 교과서를 들고, 한 손은 뒷짐을 지고는 교단 앞을 서성이며 책을 읽어주던 선생님의 카랑카랑한 목소리가 아직도 귓전에 쟁쟁합니다.

선생님은 옅은 고동색 콤비를 자주 입곤 했는데, 어느 날 그 양복저고리를 유심히 살펴본 적이 있습니다. 어떤 특별한 이유가 있었던 것은 아니고, 단지 아무 생각 없이 쳐다보다가 나도 모르게 집중하게 된 것입니다. 자세히 보니 단추가 세 개, 단추 구멍도 세 개였습니다. 평상시에는 전혀 관심 없이 봤던 것인데, 그날따라 그 단추와 단추 구멍이 아주 뚜렷한 모습으로 다가왔습니다.

저는 그것을 보면서 이런 생각을 하였습니다.

'단추 세 개를 다 끼워야 하는 건지, 한 개만 끼워야 하는지, 아니면 두 개를 끼워야 하는지, 만일 한 개나 두 개만 끼운다면 어느 것을 끼워야 하는지.'

별것도 아닌데 그때는 그게 참 궁금했습니다. 나중에 커서 양복을 입게 되면 그것을 어떻게 해야 할지 고민되었기 때문입니다. 선생님은 그때 단추를 모두 풀어놓고 있었습니다.

쓸데없는 잡념이었지만, 당시 그것이 왜 그렇게 중요한 문제로 다가왔는지, 왜 그런 고민에 빠졌는지 잘 모르겠습니다. 창밖의 눈 부신 아지랑이 때문이었을까요? 생기 넘쳐 하늘거리는 나뭇가지 때문이었을까요?

하늘은 파랗고, 햇살은 눈 부셨던 그 봄날 오후. 책을 읽어주시던 선생님의 카랑카랑한 목소리를 들으며 이런저런 생각에 빠졌던 그 시간이 그립습니다.

요즘 들어 거울 앞에 서서 양복을 볼 때마다 그때 그 생각이 무시로 떠오르곤 합니다. 특히 오늘처럼 따사로운 봄 햇살이 눈 부신 오후에는 더욱 그렇습니다.

지나간 것은 힘들었던 기억마저도 모두 그립고 아름답다지만, 그때 그 넓은 운동장, 하얀 백사장, 그리고 눈 부신 햇살과 아지랑이, 추억을 함께 했던 친구들, 선생님…

세월이 그 모든 것을 그리움으로 물들게 합니다. 그립습니다, 보고 싶습니다, 그때 그 모든 것이.

그 여름날의 추억

흙길이었습니다. 그리고 고무신과 털신이었습니다.

매일 등교하고 하교하던 길은 한여름이면 황토색 먼지가 폴폴 날리는 흙길이었습니다. 그 길은 비가 오면 질퍽한 진흙탕이, 눈이 오면 백설기 같은 하얀 눈으로 덮이는 길이 되었습니다. 그 길을 매일 수많은 검정 고무신과 흰 고무신, 검정 장화, 그리고 검정 털신이 분주하게 오갔습니다.

저 역시 6년 동안 그 길을 걸어서 초등학교에 다녔습니다. 비록 개울을 건너고, 산을 넘어야 하는 시골은 아니었지만, 당시 서울 사는 아이들도 대부분 그렇게 걸어서 학교에 다녔습니다.

비가 내려도 우산을 쓴 적은 거의 없습니다. 비 맞는 것이 그리 싫지만은 않았기 때문입니다. 어린아이라도 차가운 비에 맞아 옷과 신발이 다 젖고, 책가방이 다 젖는 것을 좋아할 리 있겠습니까만, 요즘처럼 자연이 오염되지는 않았던 터라 기분이 그리 나쁘지만은 않았습니다. 물론 아침부터 비가 내릴 때는 엄마가 우비를 챙겨주거나 장화를 신게 했습니다. 그 시절 우리 같은 아이들은 우산보다는 우비를 입고 장화를 신었습니다. 하지만 요즘과는 다른 얇은 비닐 우비였지요. 장화 역시 얇은 고무로 만든 것으로 대부분 검은색이었습니다.

저는 장화 신는 것이 아주 좋았습니다. 목이 긴 장화를 신고 길 중간중간 고인 흙탕물에서 첨벙거리는 것을 좋아했기 때문입니다. 그래서 비가 오지 않는 날에도 엄마 눈치를 보며 종종 광에 들어가 컴컴한 구석 한쪽에 놓여있는 장화를 꺼내 신고는 했습니다.

간혹 하굣길에 비가 내리기도 했습니다. 그때는 우비를 미처 준비하지 못한 탓에 비를 고스란히 맞아야 했습니다. 그런데도 그것이 즐거웠던 건 왜일까요?

등에 멘 네모난 가방이 젖기 시작할 즈음이면, 등이 따뜻해져 옵니다. 나를 뒤에서 꼭 껴안은 가방 때문입니다.

우리는 비에 젖을수록 더욱 까만색으로 변하는 기와지붕을 보며 걷곤 했습니다. 또한, 하늘을 향해 짧은 팔을 쭉 내밀고 선 작은 나무들이 비에 젖는 것을 보며 걸었습니다.

물렁거리는 흙길을 걸어서, 작은 웅덩이에 고인 빗물을 첨벙거리며 집에 도착할 즈음이면 머리에서는 모락모락 하얀 김이 솟아오르기 시작합니다. 어깨에서도, 앞가슴에서도 그런 하얀 김이 솟아오르기 시작합니다. 아마 가방을 멘 등에서도 그랬을 것입니다.

엄마가 마루에다가 점심상을 차려줍니다. 멸치조림과 실오징어 무침에 보리가 섞인 밥입니다. 까만 콩자반이 그 옆에 있고, 찬물이 한가득 담긴 그릇도 버젓이 한 자리를 차지하고 있습니다.

축축한 가방을 벗어 놓은 후 마루에 앉아 찬물에 밥을 풍덩 넣습니다. 찬물이 손등에 한두 방울 튀깁니다. 한여름에 찬물에 말아 먹는 밥은 반찬을 하나도 안 먹어도 참 맛있습니다.

밥을 다 먹고 날 때쯤이면 젖었던 몸이 꾸덕꾸덕 말라 있습니다. 머리 위에서도 더는 김이 올라오지 않습니다.

그때쯤이면 대문 쪽에서 친구 목소리가 들려옵니다.

"성철아, 노~올~자!"

진표입니다. 학배도 있습니다. 진표 손에는 매미채가 들려있습니다.

밖에 나가보면, 어느새 비가 그쳤습니다. 먼 돌산 위로 무지개가 걸려 있는 것이 보입니다. 진표도, 학배도 여전히 장화를 신고 있습니다. 당연히 나도 장화를 신습니다.

동네 흙길 중간중간 패인 웅덩이에는 아직 물이 고여 있습니다. 물은 우리 얼굴이 비칠 만큼 깨끗합니다. 장화 신은 발로 우리는 그 물을 철퍼덕거립니다. 하얗던 물이 금세 흙탕물로 변합니다. 그러다가 이내 다시 하얘집니다.

학배네 집 담장 옆에는 몸이 반이나 잘린 큰 드럼통이 하나 있습니다. 반으로 잘렸다고는 하지만, 여전히 커서 우리 셋이 한꺼번에 머리 끝까지 들어가고도 남을 것 같습니다. 그 드럼통에 한가득 빗물이 차 있습니다. 수많은 장구벌레가 꼬리를 마구 흔들며 이리저리 헤엄치고 다닙니다. 어느 놈은 몸 전체를 까불까불 뒤집으며 물속을 헤집고 다니기도 합니다.

우리는 여자아이들이 갖고 놀던 소꿉장난감을 주워서 장구벌레들을 밖으로 마구 퍼냅니다. 출렁이는 빗물 위에 내 얼굴도, 진표 얼굴도, 학배 얼굴도 마구 찌그러집니다. 그러면 우리는 깔깔거리며 웃습니다. 별안간 짱구가 된 머리통과 얼굴을 보며, 또 소리 내어 웃습니다.

지나가던 어른들이 우리를 쳐다봅니다. 형도, 누나도 우리를 보고 웃으며 지나갑니다.

　혹시 《장미와 나이팅게일》이라는 시집을 아십니까? 저는 시에 관해서 애기하는 것은 좋아하지만, 따로 시간을 내서 시 공부를 한 적은 없기에 깊은 지식은 없습니다. 단지 시를 읽고 쓰는 것이 즐거울 뿐입니다. 그 때문에 좋은 시를 읽을 때마다 '어떻게 하면 저렇게 멋진 시를 쓸 수 있을까? 나도 저런 시를 한번 쓰고 싶다.'라는 생각에 막연히 빠지곤 합니다.

　《장미와 나이팅게일》은 중학교 다닐 때 광화문 근처 서점에서 산 것으로, 출간된 지 벌써 수십 년도 더 된 시집입니다.

　당시만 해도 요즘처럼 보고 싶은 책을 마음껏 살 수 있던 때가 아니었습니다. 책 한 권을 사려면 용돈을 모으면서 몇 번을 별러야 했는지 모릅니다. 아니면, 부모님께 잘 말씀드려 더 많은 용돈을 받아야 했습니다. 그러니 용돈을 모아 책 한 권을 샀다는 건 꽤 의미 있는 일이었습니다. 그것도 학습 참고서가 아닌 시집을 말입니다.

《장미와 나이팅게일》은 크기는 작았지만, 당시로는 드물게 딱딱한 양장으로 된 책이었습니다. 책속에는 유명한 외국 시인들의 주옥같은 시가 수록되어 있었는데, 이름만 들어도 '아아, 그 시인'하고 탄성이 나올 정도로 널리 알려진 훌륭한 시인들의 시가 참 많았습니다.

저는 그 시집에 수록된 시들을 한 편 한 편 참 꼼꼼히도 읽었습니다. 아마 수십 번도 더 읽었을 겁니다. 용돈을 조금씩 모아서 산 책이라는 애착 때문이기도 했지만, 사춘기여서 더욱 그랬던 건 아닌지 모르겠습니다. 아무튼, 감동적인 시구들이 말랑말랑한 머릿속에 쏙쏙 들어와 박히는 것이 그저 좋고 행복했습니다.

모든 시가 꿀 송이 같았습니다. 선선한 바람이 불어오는 교정 벤치에서, 플라타너스 그늘에서, 집으로 돌아와서는 방바닥에 엎드려서 시를 읽고 또 읽었습니다. 생각건대, 그 시집을 통해 저는 비로소 시라는 문학에 서서히 접근할 수 있었습니다.

'미라보 다리 아래 센강이 흐르고 우리의 사랑도 흘러내린다. 그러나 나는 또한 기억하고 있나니, 괴로움에 이어서 언제나 기쁨이 옴을…'

이런 시도 있었고, '언젠가는 우리도 낙엽이리니… 시몽, 너는 좋으냐? 낙엽 밟는 소리가…'하는 시도 있었지요.

시구를 몇 번씩 읽어보고, 공책에 옮겨 써보기도 하고, 아직은 낯선 시인들의 이름을 외우기도 하였습니다. '시인들의 모습이 이랬을 것이다.'라면서 이 세상의 온갖 고민과 걱정을 저 혼자 다 짊어지고 가는 사람처럼 길게 늘어선 플라타너스를 따라 낙엽도 밟아보고, 가을바람이 커튼처럼 내려앉는 쓸쓸한 교정의 벤치 위에 한없이 혼자 앉아 있기도 했습니다.

어설픈 감상주의에 푹 빠져서 이런저런 흉내를 참 많이 내던 시절이었습니다. 하지만 그 시간은 다시는 돌아갈 수 없는 아득하고 그리운 기억으로 남아있습니다.

며칠 전 혹시나 해서 집 구석구석을 뒤지며 《장미와 나이팅게일》을 찾아보았지만, 언제 어디서 잃어버렸는지 찾을 수가 없었습니다. 지금까지 간직하고 있었다면 매우 의미 있는 책이었을 텐데 말입니다. 무척 아쉬웠습니다.

그 일을 겪으며, 이 세상을 살다 보면 수많은 일과 사물이 우리 곁을 지나가게 마련인데, 의미 있는 것들은 기록하여 남겨놓거나 보관하여 간직하는 것이 중요하다는 생각을 하게 되었습니다.

한번 지나가고 마는 사소한 것이라도 그 하나하나에 관심을 둔다면 우리의 삶은 더욱 더 재미있고, 또 풍요로워질 것입니다.

오늘은 퇴근하는 대로 근처에 있는 헌책방에 가서 《장미와 나이팅게일》을 한번 찾아보려 합니다.

영화를 한번 보고 나면 한 열흘 정도는 그 영화의 주인공처럼
갖은 폼을 잡아가며 지냈던 그 시절 읽었던 소설을
요즘 다시 읽으면 그 시절과는 또 다른 느낌입니다.
하지만 그 가운데도 그 시절의 풍경이 흑백사진처럼 아슴아슴 함께 떠오르곤 합니다.

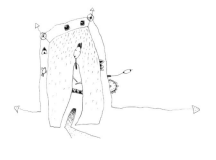

문학 서클,
그 멋있는 허울

　문득, 고등학교 시절 몇몇 친구와 함께 만들었던 문학 서클이 생각납니다. 문학작품을 읽고, 금요일 방과 후에 그 작품에 관한 생각을 서로 주고받으며 토론하던 모임이었습니다.

　당시 문학 서클은 여러 가지 목적이 있었습니다. 학교 내 취미가 비슷한 친구들끼리 모이는 친목 모임이기도 했고, 다른 학교 여학생들을 만나기 위한 방편이기도 했기 때문입니다. 그런 까닭에 당시 학교마다 영어회화 서클과 함께 문학 서클이 우후죽순처럼 생겨났지요. 더욱이 모임의 성격이 불량 서클과는 거리가 있었기에 학교에서도 그다지 통제하지 않았습니다.

더러는 남녀가 끼리끼리 몰려다닌다는 이유만으로 고운 눈길을 보내지 않는 사람도 있긴 했습니다. 특히 학생 지도부 선생님은 항상 우리를 주시했지요. 하지만 누구 하나 주눅 들지 않았습니다.

사춘기에다가 감수성이 예민했던 우리는 그 시절 참 많은 문학작품을 읽었습니다. 그리고 자유분방하게 자기 생각을 얘기하고 친구들의 생각도 들었습니다.

김동리, 나도향, 현진건, 김유정, 전영택, 심훈, 염상섭, 이효석, 황순원 등 국내 작가들의 작품은 물론 앙드레 지드, 모파상, 오 헨리, 괴테, 토머스 하디, 제임스 조이스 등 외국 작가들의 소설도 자주 읽었습니다. 여하튼 명작이라고 하는 소설은 — 대부분 단편소설이었지만 — 이것저것 죄다 얻어다가 읽었습니다. 그러다 보니 그 내용을 제대로 이해할 수 없었던 작품도 적지 않았지만, 그래도 그때 그렇게 읽었던 소설 중 국내 단편소설들은 지금도 띄엄띄엄하게나마 생각이 나곤 합니다.

문학 서클은 한참 감수성 풍부하고 예민한 사춘기였던 우리에게 몇 가지 소중한 것을 깨닫게 해주었습니다. 잔뜩 부풀어져 있던 이성에 대한 호기심을 하나둘 꺼내볼 수 있었을 뿐만 아니라 이성 앞에서 잘난 척하는 방법도 스스로 깨우치게 되었고, 친구의 소중함을 통해 알량하지만 남자의 의리와 우정의 중요성에 대해서도 어설프게나마 깨달을 수 있었기 때문입니다. 나아가 세계 명작들과의 만남을 통해 뭔지 알 수는 없는 꿈과 상상력이 마음속에서 조금씩 자라기도 했습니다.

얼마 전 헤르만 헤세의 《정원 일의 즐거움》이라는 산문집을 읽을 기회가 있었습니다. 말년에 그가 그린 그림과 시, 그리고 직접 가꾼 정원의 모습을 만날 수 있었던 매우 유익한 책이었습니다. 특히 거주지를 옮길 때마다 헤세가 정원을 만들었다는 옮긴이의 서두를 읽으며, 저는 학창시절 서클 활동을 통해 알게 되었던 위대한 삶의 주인공을 다시금 떠올렸습니다.

언젠가 어두컴컴한 기독교 회관의 낡은 시멘트 구석진 방에 모여 《데미안》에 관한 얘기를 나눈 적이 있습니다. 주인공이 싱클레어였던가요, 막스 데미안이었던가요? 그때도 마찬가지였습니다. 내용도 잘 이해하지 못하면서 그저 생각나는 대로 신나게 떠들던 무의식 가운데도 헤르만 헤세라는 이름만은 유독 선명하게 떠올랐지요.

예이츠의 시를 읽으며 〈이니스프리의 호도〉를 머릿속에 그려보고, 김현승의 시를 읽으며 고독이 무엇인지 고민하기도 했으며, 김광균의 시를 읽으며 도시인의 내면에 그리움을 불러들이는 비애와 우수에 관해 생각하기도 했습니다. 그리고 늦은 밤 집에서 뛰쳐나와 이 세상 온갖 고민을 혼자 짊어진 것처럼 동네 골목길을 이리저리 배회하기도 했지요. 아마도 그것은 ─ 당시에는 잘 몰랐지만 ─ 그들의 가슴에 있던 낭만과 서정을 단 한 점만이라도 느껴보려고 했던 행동이었을 것입니다. 그래서 푼돈을 모아 《장미와 나이팅게일》이라는 시집을 사고, 도저히 이해가 되지 않는 이상의 〈오감도〉를 읽고, 젊은 베르테

르처럼 되고 싶어 공연히 밤길을 배회하기도 했습니다.

영화를 한번 보고 나면 한 열흘 정도는 그 영화의 주인공처럼 갖은 폼을 잡아가며 지냈던 그 시절 읽었던 소설을 요즘 다시 읽으면 그 시절과는 또 다른 느낌입니다. 하지만 그 가운데도 그 시절의 풍경이 흑백사진처럼 아슴아슴 함께 떠오르곤 합니다.

문학 서클을 함께 했던 친구들… 그 친구들은 지금쯤 어디서 뭘 하며 살고 있을까요? 나만큼이나 늙었을 그들이 오늘따라 무척 보고 싶습니다.

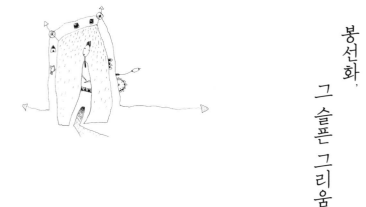

봉선화,
그 슬픈 그리움

"울 밑에 선 봉선화야, 네 모양이 처량하다"로 시작되는 홍난파의 〈봉선화〉를 듣고 있노라면, 그 표현 그대로 작은 울타리 아래 외롭게 피어 있는 한 송이 봉선화를 떠올리게 됩니다.

흔히 '봉숭아'라고도 하는 봉선화는 한해살이풀인 까닭에 더욱 가련하고 애처로운 꽃입니다. 어떻게 이 세상을 한해만 살고 죽을까요? 그러고 보니 봉선화와 비슷한 운명을 타고난 나팔꽃이나 분꽃, 채송화 등은 자기들끼리 같은 곳에 모여서 살아가는 것을 좋아합니다.

초등학교 때입니다. 햇살이 눈 부셨던 어느 아침, 동네 골목길을 돌아가다가 우연히 마주친 양지바른 담장 밑에 봉선화 한 무리가 조용히 피어있었습니다. 언제 그렇게 피어났는지, 아무도 모르는 사이에 다소곳하게 그 자리를 채우고 있었습니다. 맨드라미와 과꽃도 그 옆에서 누군가를 기다리는 듯한 모습으로 조용히 손을 내밀고 있었지요.

비료를 주지 않아도 스스로 잘 자라는 꽃. 그래서 음지에서도 곧잘 자라지만, 햇빛이 없으면 절대 꽃이 피지 않는다고 합니다. 조그만 꽃송이 하나를 피우기 위해서 그들이 필요로 하는 몇 줄기 햇빛은 아마 단 한 해를 살면서 그들이 자연에 요구하는 아주 작은 부탁일 것입니다. 그러나 요즘 이 도시에서는 그 꽃을 잘 볼 수 없습니다. 꽃이 피어 있는 곳을 일부러 찾거나, 아니면 그 씨를 얻어다가 화분을 만들어서 집에서 키우지 않고는 볼 수 없을 만큼 흔적도 없이 사라지고 만 것입니다.

봉선화는 그 옛날 우리와 함께 자란 소중한 친구였습니다. 까만 얼굴에, 반달 같은 눈, 작은 키, 바짝 마른 몸에 쑥스러운 미소가 마냥 순진했던 아이들과 함께 울고 웃으며 자랐지요.

봉숭아 꽃잎을 으깬 빨간 물로 손톱을 물들이며, 분꽃 까만 씨를 받아내던 그 아이들은 이미 어엿한 성년을 넘어 벌써 노년에 들어서고 있습니다. 그리고 어린 시절을 함께 했던 나팔꽃, 과꽃, 채송화, 분꽃과 함께 봉선화를 그리워합니다. 그 때문에 홍난파의 〈봉선화〉를 듣고 있노라면 그것에 대한 그리움으로 인해 마음이 스산해져 옵니다.

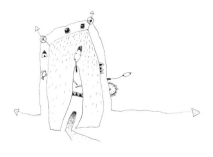

2010년 기준 한국 남자의 평균 키는 174cm를 넘어섰고, 여자는 160cm를 넘었다고 합니다.

키는 사람에게 꽤 예민한 신체조건 중 하나입니다. 상대방을 볼 때 가장 먼저 보는 것이 키이기 때문입니다. 아니, 보이기 때문이라고 하는 것이 옳을 것 같습니다. '늘씬하다'는 말이나 '작달막하다'는 표현 역시 키를 기준으로 하는 것을 보면, 외모에 있어서 키가 주는 의미는 매우 큰 것 같습니다.

저는 키가 큰 편은 아닙니다. 그렇다고 해서 작은 것도 아니어서 키에 대한 불만 같은 것은 별로 없이 지금까지 살아왔습니다. 그런데 이

제 내 키가 평균에도 미치지 못하는 것입니다. 언젠가는 당연히 그렇게 될 것이라는 막연한 생각을 하고 있었지만, 막상 그렇게 되고 보니 적잖이 씁쓸했습니다.

중학교, 고등학교 때는 키가 제법 크다는 말을 듣기도 했습니다. 새 학기에 새 반이 짜일 때마다 키순으로 줄을 서다 보면 대부분 뒤쪽에서 서성거렸기 때문입니다.

아마 앞으로 제 키는 점점 더 작은 축에 들어갈 것입니다. 그만큼 우리나라 사람들의 체격이 많이 서구화되고 좋아졌다는 방증이기도 합니다.

돌이켜 보면, 제가 어렸을 때만 해도 남자 여자 할 것 없이 대부분 아이의 체구가 작았습니다. 덩치 큰 아이들은 몇몇 안 되었지요. 거기에다가 남자아이들은 대부분 빡빡머리였고, 여자아이들은 짧은 단발이었기에 더욱 작아 보였습니다. 아마 피부가 까맸던 것도 키가 작아 보이는 이유 중 하나였을 것입니다.

작고, 어려 보이는 것이 당시 우리 대부분의 모습이었습니다. 생각건대, 요즈음 유치원생쯤 되지 않았을까 싶습니다.

사실 키가 뭐 그리 중요하겠습니까. 중요한 것은 겉이 아니라 속인 것을.

이야기가 나온 김에 옛날이야기를 하나 더 해볼까 합니다. 빡빡머리에 관해서 잠시 얘기했는데, 당시에는 아이들 머리도 요즘과는 확연히 달랐습니다.

그때는 짱구 머리가 참 많았습니다. 그런데 요즘 아이들 머리를 보면 하나같이 동글동글하거나 서양 아이들처럼 작고 긴 것을 알 수 있습니다. ― 그도 그럴 것이 요즘 엄마들은 갓난아이 때부터 이리 누이고 저리 누여서 아이 머리를 예쁘게 만든다고 합니다. ― 우리 때는 넓적하거나 찌그러졌거나 둘 중 하나였습니다. 그래서 아이들 별명도 머리에 관한 것이 유독 많았지요. 머리가 유난히 크면 대갈장군, 왼쪽이 찌그러져 있으면 미제짱구, 그 반대쪽이 찌그러져 있으면 한제짱구, 앞이마가 튀어나와 있으면 앞짱구, 뒤통수가 튀어나와 있으면 뒤짱구 등….

그렇게 된 데는 아이들이 제멋대로 데굴데굴 구르며 자란 이유도 있을 테고, 한쪽으로만 계속 누워 자는 바람에 그렇게 되었을 수도 있을 것입니다. 더러는 영양과도 관계가 있다고 말하곤 합니다. 요즘 아이들은 워낙 잘 먹고 크기 때문에 머리 모양도 예쁠뿐더러 피부도 곱고, 키도 크다는 것입니다.

초등학교 시절, 대갈장군이란 별명을 가진 아이가 있었습니다. 머리 크기가 정말 우리 두세 배쯤은 되었을 것입니다. 거기에다 빡빡머리였지요. 그러니 마치 정릉 계곡 바윗돌을 보는 듯해, 아이들은 그 아이를 대갈장군이라며 매일 놀렸습니다. 하지만 그때마다 아이는 씩― 웃을 뿐 더는 말이 없었습니다. 그러다 보니 오히려 화가 난 건 우리였습니다. 그래서 아이의 약을 올리기 위해 한 대씩 때리고 도망가곤 했는데, 그래도 아이는 그냥 웃고만 말았습니다. 그만큼 유순하고 착한 아이였습니다.

지금 생각해 보면, 우리 역시 그 아이와 별반 차이가 없었을 텐데, 그때는 왜 그걸 몰랐는지 모르겠습니다.

참 미안합니다.

그 친구에게 그때 일을 사과하고 싶습니다. 그리고 가능하다면 한 번쯤 다시 만나 그 시절의 추억을 함께 나누고 싶습니다.

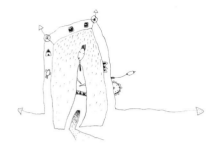

삶은 언제나 비가 오고 바람이 분다

세상사는 일 중 매일 똑같이 되풀이되는 일은 과연 무엇일까요? 잠자고, 일어나고 하는 것이 아닐까 합니다. 매일 잠자고, 일어나고 하는 것은 이 세상을 살면서 단조롭게 반복되는 일 중 가장 대표적인 일일 것입니다. 그래서 누군가는 그 거듭되는 지루함에서 벗어나 더욱 새로운 마음으로 하루를 맞이하기 위해 밤에 잠자리에 들 때는 '이제 이 세상 다 살고 죽는다.'는 마음으로, 아침에 일어날 때는 '이 세상에 다시 태어난다.'는 마음을 가지라고 했습니다. 그러나 그런 마음도 며칠만 지나면 반복이라는 생활의 굴레 안에서 슬그머니 사라지고 맙니다.

아침마다 이를 닦고, 면도하고, 세수하고, 또 저녁에 집에 돌아와서 다시 이를 닦고, 세수하고 하는 일은 이제 그 행위의 의식이 거의 없는 상태에서 일과의 시작과 끝을 차지한 지 오래입니다. 그만큼 단순하게 거듭되는 행동의 반복으로 하루가 시작되었다가 끝나는 것입니다.

꼭 시작과 끝만이 아니라, 그 안에 있는 하루의 일과 역시 거의 똑같은 반복의 연속입니다. 그 결과, 하루하루를 산다는 것이 마치 다람쥐 쳇바퀴 돌 듯 한다는 지극히 평범한 사실에 다시금 도달하게 됩니다.

매일매일 다른 삶을 사는 사람은 없겠지요. 그래서인지 산다는 것이 별 재미가 없는 일인 듯싶습니다. 아니, 좀 더 깊이 생각하면 매우 허무합니다. 꼭 그래서만은 아니지만, 보통 사람과 달리 유별난 삶을 살았던 이들 역시 같은 반복의 연속에서 살다가 결국에는 "모두 다 헛되고 헛되도다!"라면서 돌아오지 못하는 먼 길을 떠났던 사실이 요즘 들어 더욱 자주 생각납니다.

특별할 것이라고는 전혀 없는 사람 산다는 것, 누구나 한번은 죽음을 꼭 만나야 한다는 것. 이는 지극히 평범한 자연현상 중 하나입니다. 그런데 과연 사람 산다는 것 역시 작은 벌레나 곤충이 잠시 존재하다가 이슬처럼 소리 없이 사라지는 것처럼 허무한 현상 중의 하나로만 받아들여야만 하는 것일까요? 우리는 인생을 과연 어떻게 살아야 할까요? 인생관을 논하며 삶의 가치를 찾는 것도 결국 그 허무한 사라짐의 관점에서 보면 역시 헛되고 헛된 것일까요? 그렇다면 삶의 의미는 과연 무엇일까요?

저는 매일 아침 이를 닦으며 욕실 거울 앞에 서서 얼굴을 들여다봅니다. 그러고는 잠시 이런 생각에 빠지곤 합니다.

초등학교 시절, 가을 대운동회가 열렸던 날입니다. 가을 푸른 햇살에 어질어질 눈이 부신 하얀 운동장에서 청군과 백군으로 나뉜 우리는 파랗거나 하얀 운동모자를 쓰고 그 넓은 운동장을 뛰거나 목이 터져라 같은 편을 응원하였습니다. 구름 한 점 없는 파랗고 높은 하늘 아래서 말입니다.

오십 미터 달리기 결승전이었을 것입니다. 우리에게는 가장 인기 있는 종목이었지요. 누가 가장 빠른지 선생님과 친구들 앞에서 공식적으로 인정받을 기회였기 때문입니다. 그만큼 긴장감이 넘쳐흘렀습니다.

저쪽 편에서 결승전까지 올라온 각 반 대표 선수들이 선생님 호루라기 소리에 맞춰 일제히 출발하였습니다. 아이들은 삐뚤빼뚤 젖 먹던 힘을 다해 달렸습니다. 그리고 잠시 뒤 가쁜 숨을 몰아쉬며 결승선인 하얀 종이테이프를 향해 돌진해 들어왔는데, 순위를 제대로 가릴 수 없을 만큼 아슬아슬한 차이였습니다. 특히 일등과 이등이 워낙 간발의 차이로 들어왔기에 선생님은 거의 동시에 골인한 두 아이를 놓고 누가 일등인지를 쉽게 결정짓지 못했습니다.

그때 한 아이가 자리를 박차고 일어나며 이렇게 소리쳤습니다.

"선생님! 선생님! 저 아이가 먼저 들어왔어요! 저 아이가요!"

그러면서 파란 운동모자를 거꾸로 쓴 채 아직도 헐떡거리며 서 있는 한 아이를 가리켰습니다. 그러자 그 옆에 같이 앉아 있던 몇몇 아이 역시 덩달아 소리쳤습니다.

"맞아요, 선생님! 저 애가 조금 더 빨리 들어왔어요!"

결국, 선생님은 그 아이를 일등으로 결정했습니다. 우리가 모두 현장의 증인이 되어 명확한 증언을 한 셈이었습니다.

증언이라는 것. 어떤 사실을 증명하기 위한 진술. 사람은 누구나 자기 삶의 족적을 남기고 싶어 합니다. 그것은 우리 삶이 허무함과 아쉬움만 남길 수밖에 없는 한시적인 것이기 때문이기도 하며, 오래전에 어느 철학자가 갈파했다시피, 깊이 생각할 줄 아는 사고의 존재이기 때문이기도 합니다.

존재의 증명과 사실의 인지를 위한 삶의 진술. 그렇다면 무엇이 우리 삶의 증언으로서 남을 수 있을까요? 비록 모든 것이 사라져도 우리 사고의 흔적은 남지 않을까 합니다. 그것이 허공에 떠다니는 박편이건, 강렬한 것이건, 희미한 것이건. 만일 그것이 삶의 증언으로 남는다면, 우리는 우리 삶을 거듭되는 지루함에서 꺼내어 보다 치열한 모습으로 바꾸어갈 것이며, 그 증언이 하나하나 구술될 때 좀 더 엄연한 현실 속의 생활인으로 살아갈 수 있지 않을까 합니다.

초등학교 가을 운동회가 끝나고, 중·고등학교를 졸업하고, 대학을 가고, 군대를 갔다 오고, 취업하고, 결혼하고, 아이를 낳고, 또 많은 시간이 흘렀습니다. 그러던 중 저는 시를 다시 쓰기 시작했습니다. 근 30년 동안 절필한 후였습니다.

그제야 저는 시가 삶의 증언으로 다가오는 것을 비로소 느낄 수 있었습니다. 그렇게 해서 삶의 증언을 정리하여 기록하기 시작하였고, 그것을 하나하나 정성껏 닦고 구멍 뚫어 실에 꿴 후 깨끗한 벽에 걸어놓았습니다. 그러면서 삶의 내부를 자세히 탐색할 수 있었고, 필요할 때마다 새로운 증언을 하나씩 하나씩 적어나갔습니다.

그것은 절대 쉬운 일은 아니었습니다. 캄캄한 밤이면 그 증언들이 먼 하늘에서 내려오는 파란 별빛처럼 언제나 저를 들뜨게 하고, 피곤한 저를 깨우기도 하였습니다. 때로는 아주 어렸을 적, 여름 저녁에 온 식구가 마루에 둘러앉아 먹던 얼음조각과 설탕물로 가득 채워진 시원한 수박 화채처럼 다가오기도 했습니다. 또 어떤 때는 한여름 가뭄으로 딱딱하게 말라 빨갛게 갈라진 땅 위에 내리는 빗물처럼 다가오기도 했지요.

다른 사람도 마찬가지였을 것입니다. 그러나 많은 사람이 삶의 증언 없이 몸과 마음을 움츠리며 살고 있습니다. 저 역시 그것을 철저히 외면하고 산 적이 있었습니다. 줄 끊어진 연처럼 한없이 어두운 허공을 떠다닌 적도 있었습니다. 그러나 바람 부는 가을 저녁, 나무의 한 부분이었다는 것을 증명이라도 하듯 나무를 떠나지 못하고 맴도는 나뭇잎을 보며, 저는 좀 더 철저하게 삶의 증언을 적어야겠다는 생각을 하게 되었습니다. 위선의 물에서 털어낸 증언이 필요했기 때문입니다.

인간은 너무도 외롭고 약한 존재이기에, 그리고 언젠가 한 번은 있을 죽음에 대한 두려움과 함께 앞으로 닥쳐올 미지의 현상에 대해 한

없이 불안해하고 초조해하기에, 뭔가 잘 보이지 않고 잡히지 않는 절대적인 것에 한없이 매달리려고 합니다. 하지만 그럴수록 자꾸 나약해지고 병들어 갈 뿐입니다.

삶의 증언을 냉엄하게 차근차근 기록해 나갈 수 있다면, 단단한 돌에 깊이 새겨진 글씨처럼 그 증언이 자기를 지키고 있다면, 언젠가 이 세상을 떠날 때 "모든 것이 헛되도다!"라는 허무함 속에서 다소 자유로울 수 있지 않을까 합니다.

우리의 삶은 언제나 비가 오고 바람이 붑니다. 그러나 내 입에서 구술된 나의 증언만은 그런 비바람 속에서 더욱 건강하게 남아있기를 바랍니다.

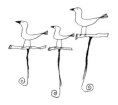

상처 없는 새가 어디 있으랴

인간은 나뭇잎과 흡사한 것,

가을바람이 낙엽을 휘몰아 가면, 봄은 새로운 잎으로 숲을 덮는다.

잎, 잎, 조그만 잎, 너의 귀여운 자식들도, 너의 아첨자도, 너의 원수도

모두 바람에 휘날리는 나뭇잎 …

파란 나뭇잎과도 같던 우리 모습은 어느새 고동색으로 물들어 길 위에 떨어져 뒹굴고,

그 위를 흰 눈이 잠시 덮었다가 마침내는 어디론가 사라지고 맙니다.

콩자반만 한 양심에 쇠로 된 무거운 추를 얼마나 많이 달고 살아왔는지,

그 추에 이리저리 끌려 다니며 부끄럽고 후회스럽고 죄스럽게 살아온 날이 얼마나 많은지,

또 그렇게 살아갈 날이 아직도 많이 남아 있기에, 루소처럼 모든 것을 낱낱이 고백할 수는 없습니다.

비가 내리는 금요일 오후.

오후 늦게 내리는 비는 사람의 마음을 더욱 분주하게 만듭니다. 금요일에는 더욱 그렇게 느껴집니다. 파란색, 검은색 우산을 받쳐 들고 거리를 오가는 사람들 모습이 빗줄기 사이로 흐리게 보이다가 서서히 사라지더니, 곧 또 한 무리의 사람이 눈앞에 나타납니다.

저는 지금 무교동 한 찻집에 앉아 있습니다. 비 오는 오후에 페퍼민트 차 한 잔을 앞에 놓고, 창문 앞에 턱을 괴고 앉아 거리를 오가는 사람들을 가만히 지켜보는 것은 저의 오랜 즐거움 중 하나입니다. 그들이 지금 가진 각자의 사연이 무엇인지 알 수 없고, 각기 다른 표정을 지닌 이유 역시 알 수 없지만, 오히려 그렇기 때문에 더욱 흥미롭습니다.

어떤 사연을 갖고, 이 시간에 어디를 향해 가고 있는지, 총총걸음으로 사라지는 그들의 뒷모습을 보고 있노라면, 그 이유가 매우 궁금해집니다. 그 때문에 그들의 모습이 시야에서 완전히 사라질 때까지 절대 눈을 뗄 수 없습니다.

모두가 다른 표정, 모두가 다른 목적지, 모두가 다른 사연을 가진 바깥세상의 풍경. 그들은 서로 알지 못하고 알려고도 하지 않습니다. 그래서 이렇게 창문 앞에 턱을 괴고 앉아 비 오는 거리를 오가는 이들을 살펴보고 있으면, 오랜만의 여유로움 속에서 시간 가는 줄도 모르고, 거리의 풍경이 가져다주는 저만의 재미있는 상상의 나락 속으로 빠져들곤 합니다.

제가 지금 앉아 있는 창문의 틀은 하얀 페인트가 많이 벗겨져 있습니다. 찻잔 옆에는 장 자크 루소가 쓴《참회록(Les Confessions)》이 한 권 놓여 있고요. 옛날에 읽었던 것을 며칠 전에 다시 한번 읽었는데, 가방에 넣어서 다니다가 찻집에 들어온 후 탁자 위에 꺼내 놓은 것입니다.

정규교육을 제대로 받지 못하고, 독학으로 자수성가한 루소의 삶을 돌이켜보면, 그는 분명 일반 사람과는 다른 천재성을 타고난 듯합니다. 하지만 어머니를 일찍 잃고, 불우한 환경에서 자란 그는 좋은 교육을 받을 만한 상황이 아니었기에 어려서부터 여기저기 떠돌아다니며 얹혀살아야만 했습니다. 그런 그가 어떻게《사회계약론》이나《인간 불평등 기원론》등과 같은 대작과 《에밀》 같은 역작을 쓸 수 있었는지 지금도 잘 이해되지 않습니다.

《사회계약론》과 《에밀》에 대한 금서 처분이 내려지고, 체포령까지 떨어진 후 그는 이곳저곳으로 도피하며 숨어 지내야만 했습니다. 그의 삶은 한마디로 거친 겨울바람 속의 나뭇잎과도 같았지요. 하지만 그 나뭇잎은 어떤 풍파에도 쉽게 흔들리지 않고 썩지 않는 강인함 그 자체였습니다. 그런 점에서 볼 때 루소는 당시 자기가 속했던 사회에 엄청난 저항감과 거부감을 느끼고 있었을 것이 틀림없습니다.

그는 살기 위해서 어쩔 수 없이 악보를 베끼고, 가정교사 일을 했습니다. 그리고 자기가 데리고 있는 것보다 차라리 보육원에 맡기는 것이 아이들의 미래를 위해서도 낫겠다는 판단 아래 자기 아이들을 모두 보육원에 맡겨버렸습니다. 비록 나중에는 그것을 크게 후회했지만 말이지요.

단언컨대, 저는 장 자크 루소의 삶을 평가할 만한 위치에 있지 않습니다. 감히 그럴만한 능력도 못 될뿐더러 지식수준 역시 한참 부족하기 때문입니다. 다만, 《참회록》이라고 번역된 그의 인생을 몇 차례 읽으며 나름대로 생각과 판단을 할 뿐입니다.

그의 참회록은 솔직하고 부끄러운 이야기로 가득 차 있습니다. 그러다 보니 어떤 내용은 매우 충격적이기조차 합니다. 물론 유치한 이야기도 더러 있기는 합니다. 놀라운 것은 그다음입니다. 어떻게 그렇게까지 솔직할 수 있을까요? 부끄럽고 창피한 이야기는 감추고 싶은

게 인지상정일 텐데, 그의 참회록은 그런 예상을 철저히 빗나가게 합니다.

그의 말마따나 그의 참회록은 두 번 다시 되풀이 하고 싶지 않은 일과 사건에 관한 이야기로 가득합니다. 그것을 읽으며 저는 참 많은 생각을 했습니다. '과연, 나는 이 세상을 떠나기 전에 꼭 밝혔으면 하는 수많은 이야기 중 차마 부끄러워서 하지 못했던 이야기를 루소처럼 꺼내놓을 수 있을까?'라는 생각부터 '비밀스럽고 위선적이며, 죄스럽고 창피해서 가증스러운 이야기를 과연 남들 앞에 발가벗겨 놓을 수 있을까?'라는 생각까지. 비록 말년이라는 핑계로 참회록이라는 갑옷을 입혀놓을 수는 있겠지만, 과연 루소처럼 솔직하고 가감 없이 그것을 드러낼 수 있을지 궁금했습니다. 분명 여러 사람과 관련된 일, 이해관계가 생기는 일, 다 밝히면 여기저기서 문제가 될 수도 있는 일들이 있을 텐데, 그렇게 되면 "아, 저 사람이 저랬었구나!"라는 모멸의 손가락질을 받을 수도 있을 텐데, 과연 그렇게 할 수 있을까 싶었습니다.

더러는 이렇게 말할지도 모릅니다. "루소처럼 유명해지면 다 괜찮다. 누구도 손가락질하지 않을 것"이라고. 과연 그럴까요? 참회록이니 누구도 나를 욕하지 않을까요?

솔직히 말하자면 저는 그렇게 할 자신이 없습니다. 지금이 아니라 나중에라도 그렇게 하지는 못할 것 같습니다. 콩자반만 한 양심에 쇠로 된 무거운 추를 얼마나 많이 달고 살아왔는지, 그 추에 이리저리 끌려 다니며 부끄럽고 후회스럽고 죄스럽게 살아온 날이 얼마나 많은지,

또 그렇게 살아갈 날이 아직도 많이 남아 있기에, 루소처럼 모든 것을 낱낱이 고백할 수는 없을 것 같습니다.

그렇다고 해서 제가 어떤 큰 비리나 부정을 저지르며 살아온 것은 아닙니다. 단지, 루소가 스스로 밝힌 그런 작은 사건조차도 소인배인 저로서는 밝히기가 부끄럽고 창피하다는 것입니다. 제가 생각해도 참 못나고 한심할 뿐입니다.

이런 제가 참회록이라는 것을 과연 쓸 수 있을까요?

참회록을 쓰고 싶어도 저는 쓸 수 없을 것 같습니다. 차마 거짓으로 참회록을 쓸 수는 없기 때문입니다. 단언컨대, 훗날 제가 사회적인 유명인사가 된다고 해도 그럴만한 용기가 제겐 없습니다.

어떻게 보면 반드시 무덤에 같이 가져가야 하는 것도 아니고, 발가벗겨 봐야 다른 사람에게 그다지 관심도 없는 것이 대부분일 텐데, "왜 그렇게 겁이 많으냐?"고 할 수도 있을 것입니다.

물론 그렇습니다. 하지만 저는 정말 잘 모르겠습니다. 어쨌거나 저라는 사람은 참회할 일이 너무 많고, 또 앞으로도 그럴 것 같다는 생각에서 벗어나지 못하는 것만은 분명합니다. 그런 점에서 참회록을 쓰는 사람들을 존경하지 않을 수 없습니다. 그들의 솔직함과 대범함, 그리고 열린 마음과 용기가 정말 부럽습니다.

빗줄기가 제법 가늘어졌습니다. 조금 있으면 거리는 퇴근하는 사람들로 다시 붐빌 것입니다. 그들 모두 자기 인생을 열심히 살아갈 것입니다. 더불어 참회록이라고 이름 지어진 마차에 실을 크고 작은 짐을 잔뜩 꾸려가며 살아갈 것이 틀림없습니다. 그렇다면 과연 나중에 그 모든 짐을 부끄러움 없이 끌러 놓을 수 있는 사람은 그들 중 몇이나 될까요?

나의 무진은 어디에

고등학교 때입니다. 김승옥의 소설에 한참 열중하던 시절이 있었습니다. 〈서울, 1964년 겨울〉이라든가, 〈무진기행〉, 〈야행〉 등을 읽으며, 그가 그려내는 소설 속 주인공을 막연히 꿈꾸었지요. 사춘기 막바지였기 때문일까요? 김승옥 앓이를 참 많이도 했습니다.

뭔가 제자리를 찾지 못한 채 계속 겉돌고 있는 모습, 멀리 떠나지 못한 채 주변만 빙빙 돌며 배회하는 도시인의 모습이 그의 소설을 통해 상상 속에 나타났고, 그의 이야기를 통해 끊이지 않는 방황의 먼지가 작은 가슴에 알 수 없는 파문을 일으켰습니다. 그래서인지 〈서울, 1964년 겨울〉이나 〈무진기행〉은 지금 읽어도 마음 한구석이 스산해져 옵니다.

자기를 둘러싼 현실에 냉소적이고 소극적이며 무기력해 보이는 사람들, 밤이면 건물 지붕에 슬며시 내려앉는 도시의 엷은 밤안개 같은 사람들, 하지만 자기 자신을 사랑하며 사는 사람들, 그리고 뭔가 간절한 사람들… 허무주의까지는 아니더라도 우울하고 쓸쓸해 보여 동정심과 연민이 느껴지는 사람들, 그리고 똑똑한 사람들… 도시 사람들… 얼마 전 참으로 오랜만에 〈무진기행〉을 다시 읽어보았습니다.

"한 번만, 마지막으로 한 번만 이 무진을, 안개를, 외롭게 미쳐가는 것을, 유행가를, 술집 여자의 자살을, 배반을, 무책임을 긍정하기로 하자. 마지막으로 한 번만이다. 꼭 한 번만. 그리고 나는 내게 주어진 한정된 책임 속에서만 살기로 약속한다. 전보여, 새끼손가락을 내밀어라. 나는 거기에 내 새끼손가락을 걸어서 약속한다."

주인공인 나, 윤희중은 무진에서 만난 인숙이라는 여자에게서 우울했던 자신의 과거를 발견하고 연민을 느끼며 위와 같이 외칩니다. 그리고 만일 그 상황이 지속한다면, 자신의 결혼생활에도 큰 문제가 생길 것을 직감합니다. 그래서 급히 상경하라는 아내의 전보를 받고, 그렇게 약속하고 싶었던 게 아닐까 싶습니다. 아니, 그렇게 약속했습니다. 하지만, 결국 그는 그렇게 하지 못했습니다. 서울은 현실 안이었고, 무진은 현실 밖이었기 때문입니다.

"갑자기 떠나게 되었습니다. … (중략) … 사랑하고 있습니다. 왜냐하면, 당신은 저 자신이기 때문에 적어도 제가 어렴풋이나마 사랑하고 있는 옛날의 저의 모습이기 때문입니다. 저는 옛날의 저를 오늘의 저로 끌어다 놓기 위하여 갖은 노력을 다하였듯이 당신을 햇빛 속으로 끌어놓기 위하여 있는 힘을 다할 작정입니다. 저를 믿어주십시오."

그는 떠나기 전날, 인숙에게 이렇게 편지를 썼지만 한번 읽어본 후 찢어버리고 말았습니다. 그리고 서울로 올라가면서 심한 부끄러움을 느꼈다고 했습니다. 아마 현실과 타협하지 않을 수 없는 자신의 모습 때문이 아니었을까요? 잠시 현실 밖에 나가 있다가 다시 현실 안으로 들어와야 하는 자기 모습에서 쓸쓸하고 쓸쓸한 자신을 발견했을 것입니다. 그렇게 해서 그는 무진을 떠났습니다.

〈무진기행〉을 다시 읽으면서 도시인의 우울하고 고독한 내면을 잠시 들여다볼 수 있었습니다. 〈무진기행〉 속의 주인공이나, 〈서울, 1964년 겨울〉 속의 주인공이나, 모두 도시에 사는 사람들의 마음속에 하나씩은 있는 바로 자기 자신의 모습은 아닐까 하는 생각이 들었기 때문입니다.

그들은 현명하고 똑똑합니다. 그리고 착합니다. 이해심도 많고, 인내심도 있습니다. 올바르게 사는 방법도 잘 알고 있기에 행복의 기준을 만들어 나갈 줄도 압니다. 그러나 종종 일탈을 꿈꿉니다. 비행과 타락이 아닌 고독하지 않기 위해서 그런 생각을 하는 것입니다. 그만큼 도시의 삶은 고독합니다.

때로는 누구나 안개 도시 무진으로의 탈출을 꿈꿉니다. 그곳에서 하인숙을 만나고, 자신을 들여다보고 싶기 때문입니다. 애처로운 자기 모습이 그 안에 있을 것만 같기 때문입니다. 하지만 그것을 오래오래 두고 볼 수는 없습니다. 손을 내밀어 그를 구해주고 싶지만, 손이 잘 닿지 않습니다. 손을 내밀수록 그는 조금씩 뒷걸음질하며 멀어져 갈 뿐입니다. 그 때문에 내일 다시 오겠다고 약속해야만 합니다. 그들은 똑똑해서 현실을 아주 잘 알고 있기 때문입니다. 현실을 너무 오랫동안 버려두면 안 된다는 것을 그들은 아주 잘 알고 있기 때문입니다.

나의 무진은 과연 어디일까요? 어디쯤 나의 무진은 있는 것일까요?

결국은 내려와야 할 것을

최근 신문을 통해 피정(避靜)에 관한 기사를 접한 적이 있습니다. 피정이라 함은 천주교나 기독교에서 하는 종교적 수련방법 중 하나로, 일상생활에서 벗어나 묵상 등 조용한 기도를 통해 자기를 단련하는 것을 말합니다. 그러나 요즘은 종교적인 목적에서만이 아닌, 복잡한 현실에서 잠시 벗어나기 위해 일반인들 역시 그것을 즐긴다고 합니다.

저 역시 어지간히 세파에 시달리는지라 그 기사를 매우 관심 있게 읽었습니다. 그날 신문에 보도된 피정은 어느 성당에서 실시하는 것으로, 교인 여부와 관계없이 할아버지부터 청년에 이르기까지 한 사람씩 관속에 들어가 약 5분 정도 누워서 죽음을 체험하는 것이었습니다.

뚜껑이 완전히 닫히고, 검은 천까지 덮인 깜깜한 관속에 누워 있다가 나온 사람들은 과연 무엇을 느끼고 생각했을까요? 그것을 통해 과연 죽음을 한번 껴안아 보기는 했을까요?

짧은 시간이었지만, 관속에서 잠시나마 죽음을 경험했던 사람들은 하나같이 죽음에 대한 두려움과 함께 현재의 삶이 얼마나 소중한지 깨달았다고 합니다.

저는 우리가 죽음이라는 것을 얼마나 제대로 알고 있는지 궁금합니다. 죽음을 잘 알아야만 삶 역시 제대로 알 수 있기 때문입니다.

2001년 출간된 김열규 교수의《메멘토 모리, 죽음을 기억하라》를 통해 저는 죽음이라는 것에 좀 더 가까이 다가갈 수 있었습니다. 물론 책은 대부분 한국인의 죽음론에 관하여 접근하고 있었지만, 평상시 죽음과 좀 친해 놓을 필요가 있다는 저자의 생각은 고개를 끄덕이게 하기에 충분했습니다.

죽음은 언제, 어디서, 누구에게도 환영받지 못하는 존재입니다. 그래서 사람들은 항상 죽음을 자기로부터 멀리 떨어뜨려 놓으려고 애씀과 동시에 가능한 한 자기와는 상관없는 존재로 두고 싶어라 합니다. 특히 예로부터 우리나라는 사람이 죽으면 그 주검이 산 사람을 해코지하지 못하도록 염이라는 것을 통해 시신을 꽁꽁 묶고, 가능한 먼 곳에, 그리고 땅속 깊이 묻었습니다. 반면, 서양은 그와 반대였지요. 오히려 집 가까이 묘지를 썼습니다. 그래서 미국이나 프랑스 등에 가 보면 묘지가 집 가까이에 있는 것을 흔히 볼 수 있습니다.

나라마다 죽음에 대한 생각이 다르다는 것은 이미 우리가 알고 있는 사실입니다. 죽음에 대한 인식 및 장례 풍습 등 죽음을 맞고 정리하는 생각과 방법 역시 다릅니다. 중요한 것은 어디가 맞고 틀리고를 떠나서 어차피 사람은 싫건 좋건, 원하건 원하지 않건 간에 언젠가는 반드시 죽음을 맞는다는 것입니다. 그러므로 평상시에 죽음과 다투지 않고 사이좋게 지낼 필요가 있습니다.

　　삶과 죽음의 길은
　　여기에 있으매 머뭇거리다가
　　나는 이제 떠난다 말도
　　못다 이르고는 어찌 가는가.
　　어느 가을 이른 바람에
　　여기저기 떨어지는 잎처럼
　　하나의 나뭇가지에서 태어나고서도
　　가는 곳을 모르는구나.
　　아아, 극락에서 다시 만나게 될 나는
　　도(道)를 닦으면서 기다리겠노라.

　학창시절 수십 번도 더 외웠던 월명대사의 〈제망매가〉로 누이의 죽음에 대한 안타까움과 극락왕생을 기원하는 마음이 절절히 배어있습니다. 감수성이 한창 예민하던 때였기에 노트에 반복해서 빼곡히 적기도 하고, 소리 내어 읽어보기도 했던 시입니다.

김열규 교수 역시 《메멘토 모리, 죽음을 기억하라》에서 죽은 자에 대한 산 자의 애끓은 마음의 예로 이 시를 인용했습니다.

죽음이라는 것은 누구에게나 찾아오는 것입니다. 그러므로 삶과 죽음은 별개가 아님을 가능한 한 빨리 인정하고, 죽음을 삶의 계속되는 자연 현상으로 받아들일 필요가 있습니다. 그러나 이는 참 어려운 이야기입니다. 죽음은 나와 전혀 무관한 것이라고 시치미를 뚝 떼고 살고 싶은 것이 인지상정이기 때문입니다. 그리고 보면 죽음은 역시 모든 이에게 인정받지 못하는 불청객이 아닐 수 없습니다. 영원히 만나고 싶지 않은 공포의 불청객이라고나 할까요.

삶과 죽음이 그저 하나의 다리로 연결되어 있다는 사실이 잘 받아들여지지 않습니다. 결국, 다리 하나 건너가는 것뿐인데 말입니다. 그것이 말처럼 그렇게 쉬운 일은 아닌 듯합니다. 한번 건너가면 다시는 건너오지 못하는 다리이기 때문이겠지요. 그래서 저는 김열규 교수가 책에서 강조한 것처럼 평상시에 죽음과 좀 친해 둘 필요가 있겠다는 데 전적으로 공감합니다.

최근 개봉했던 한 영화에서처럼 이승과 저승 사이에는 조그만 공간이 하나 있어서 거기 도착한 사람들을 사자(使者)가 다시 한번 저승으로 갈지 이승으로 되돌려 보낼지 재검토하는 과정이 있다면 과연 어떻게 될까요? 한번밖에 없는 삶을 조금은 더 열심히, 그리고 충실히 살아가지 않을까요?

우주로

떠난 시인

박정만 시인의 시를 읽으면 그의 불행했던 삶이 살포시 떠오릅니다.

시인은 1946년 태어나 1988년 작고했으니, 마흔두 해라는 짧은 인생을 불꽃같이 태우다가 이 세상을 떠나갔습니다. 그래서인지 그의 작품 속에는 인생의 허무함이 아주 진한 색깔로 곳곳에 스며있으며, 사랑 역시 서러움과 한(恨)으로 어우러져 절절한 눈물이 배어나곤 합니다.

사랑한다, 사랑한다,

눈부신 꽃잎만 던져놓고 돌아서는

들끓는 마음 속 벙어리같이

나는 오늘도
담 너머 먼발치로 꽃을 던지며
가랑잎 떨어지는 소리를 낸다

내사 짓밟히고 묻히기로
어차피 작정하고 떠나온 사람,
외기러기 눈썹줄에 길을 놓아
평생 실낱같은 울음을 이어갈 것을

사랑의 높은 뜻은 비록 몰라도
어둠 속 눈썰미로 길을 짚어서
지나는 길섶마다
한 방울 청옥 같은 눈물을 놓고 갈 것을

머나먼 서역 만리
저 눈부신 실크로드의
가을이 기우뚱 기우는 저 어둠 속으로

그의 시 〈저 가을 속으로〉의 전문입니다. 짧았던 결혼생활과 행복이라는 것을 채 느껴보기도 전에 닥쳐온 아내와의 이별, 그래서 다 피어나지도 못한 사랑, 가정 파탄, 이 세상 컴컴한 구석에 혼자 무참히 던져졌다는 두려움 등이 그를 심각한 우울증 속에 가두었고, 결국 죽음으로 그를 이끌었습니다.

그는 외롭고 고독한 사람이었습니다. 그 때문에 '그리움이여, 그립고 서럽다'라고 절규했는지도 모릅니다.

우리 문학사를 살펴보면, '필화사건'이 종종 있었습니다. 필화사건이란 말 그대로 글 때문에 화를 입은 것을 말합니다.

어느 시대건, 어느 상황에서건 펜을 든 사람들은 제 생각을 표현하고자 노력했습니다. 그러다 보니 때로는 위협과 협박 앞에서 고통도 감수해야 했고, 또 때로는 목을 점점 조여 오는 죽음의 위기를 느끼기도 했습니다. 그런데도 그들은 절대 펜을 굽히거나 꺾지 않았습니다. 그 결과, 본인의 의도와는 상관없이 필화사건에 휘말리기도 하고 억울한 누명을 쓰기도 했지요.

박정만 시인 역시 필화사건에 연루되어 매우 고통스러운 시간을 보냈습니다.

1979년 첫 시집 《잠자는 돌》을 출간할 때만 해도 그는 매우 행복한 사람이었습니다. 그러나 1981년 한수산 필화사건에 휘말려 모진 고문을 당해야 했고, 고문의 후유증으로 인해 죽는 날까지 병마에 시달려야 했습니다.

그 고통을 이겨내기 위해 그는 오직 집필에만 전념했던 듯합니다.

그의 작품 대부분이 그 몇 년 동안 쓴 것이라고 하니, 그즈음 그가 얼마나 외롭고 서러웠는지 가히 짐작할 만합니다. 아무 이유도 모르는 채 끌려가서 모진 고문을 당하며 "답답해서 죽겠다. 이유나 알고 죽으면 원이 없겠다."라고 외쳤다는 그를 떠올릴 때마다 그렇게 멀지 않은 우리 역사에도 그처럼 어두운 시기가 있었다는 생각에 마음이 쓸쓸해집니다.

1988년 서울올림픽 폐막식이 한창이던 날, 서울 봉천동 어두운 방 한구석에서 쓸쓸히 죽음을 맞았을 시인의 모습을 떠올리면 가슴이 더욱 아려옵니다. 그의 대표작 〈작은 연가〉는 결국 그 아픔과 서러움을 폭발시키고야 맙니다.

사랑이여, 보아라
꽃초롱 하나가 불을 밝힌다
꽃초롱 하나로 천 리 밖까지
너와 나의 사랑을 모두 밝히고
해질녘엔 저무는 강가에 와 닿는다

우리가 마지막 어둠이 되면
바람도 풀도 땅에 눕고
사랑아, 그러면 저 초롱을 누가 끄리

저녁 어스름 내리는 서쪽으로

우리가 하나의 어둠이 되어

또는 물위에 뜬 별이 되어

꽃초롱 앞세우고 가야 한다면

꽃초롱 하나로 천리 밖까지

눈 밝히고 눈 밝히고 가야 한다면

그의 꽃초롱은 과연 무엇이었을까요? 초롱불 대신 눈물이 가득했을 그의 꽃초롱은 과연 어떻게 생겼을까요?

내장산 입구에 가면 그의 시비를 만날 수 있습니다. 거기에는 "메아리도 살지 않는 산 아래 앉아 그리운 이름 하나 불러봅니다"로 시작되는 그의 시 〈산 아래 앉아〉가 마치 서러운 유서인 듯 쓰여 있어 보는 이들의 눈시울을 붉게 합니다.

사랑이여,

그대 아직도 저승까지 가려면 멀었는가

제 아무리 밤이 깊어도 잠은 오지 않고

제 아무리 잠이 깊어도 꿈은 아니 오는 밤

그칠 새 없이 내리는 눈발은

부칠 곳 없는 한 사람의 꿈 없는 꿈을 덮노라

　─〈오지 않는 꿈〉 마지막 연

그는 자신의 꿈을 이렇게 마무리 짓고, 어느 날 훌쩍 이 세상을 떠나갔습니다. 아니, 사라져 버렸습니다. 저 광활한 우주 속으로.

순도 백퍼센트의 고독

"밤에는 쓸 말이 없다. 잘못 살아왔다. 잘못 살아와서 이제 무슨 말을 쓴단 말인가. 깊은 밤이 죄송할 따름이다…"

고은 시인은 수필 《세노야 세노야》에서 젊음의 밤을 이렇게 적고 있습니다. 또한, "삶은 죽음을 등지고 죽음은 삶을 끊는다. … (중략) … 반드시 살아있는 것은 죽고, 죽음은 삶 안에서 이루어지고 있다. … (중략) … 인간은 삶을 죽음으로밖에 완성할 수 없다."라며 절규하듯 노래합니다.

그는 비록 이 책을 통해 우리를 어둡고 쓸쓸한 곳으로 이리저리 안내하지만, 그 이면을 들여다보면 삶에 대한 보다 강렬하고 절박함이 칼날처럼 줄곧 번득이고 있음을 알 수 있습니다. 즉, 삶과 죽음이 쌍벽을 이루고 있지만, 삶이라는 벽에 단단히 기대고 서 있는 것입니다.

그는 "산다는 것은 어디로 떠나는 것인지 모르는 것이기에 삶을 구름에 빗대어 구름은 어머니와 함께 인간을 낳는 것"이라고 얘기했습니다. 그 때문에 "흰 구름을 바라보다가 내가 아직도 살아있는 것이 눈물겹다. 나는 내 아버지의 아들이 아니라 저 구름의 아들이다."라고 말하기도 합니다. 그러면서 지금 살아있음이 아니라 앞으로 꼭 살아야겠다는 간절함을 노래하지요.

이 책은 1970년 처음 출간되었으니, 벌써 40년도 훌쩍 넘은 시인의 초기 수필집입니다. '나도 이런 글을 꼭 한번 써봐야겠다.'고 다짐할 정도로 당시 제게는 엄청난 감동과 충격으로 다가왔던 책이기도 합니다.

돌이켜보면, 당시 이 책은 미성년자가 처음으로 어른 영화를 보는 듯한 기분을 제게 주었습니다. 두근거리는 마음으로 페이지를 한 장 한 장 넘기며, 한 줄 한 줄 읽어나갈 때마다 '아, 이런 세상이 있구나!', '이런 생각도 있구나!'라고 감탄하면서, 저는 온갖 상상력을 동원하여 그 이야기들을 머릿속에 그려나갔습니다.

얼마 전 《세노야 세노야》를 다시 읽었습니다. 시인의 상념이 가을밤의 선선한 바람처럼 다가오더군요. 저는 이 나이가 되도록 아직도 알 수 없는 자연의 이치와 인간의 삶, 그리고 그 책을 처음 읽었을 때의 제 마음을 돌이켜보았습니다.

《세노야 세노야》는 햇빛보다는 구름, 여름보다는 가을, 크레용보다는 파스텔, 흰색보다는 회색에 가깝습니다. 그 때문에 한창 감수성이 예민했던 마음속에 그 내용 하나하나가 여과 없이 깊이 파고들 수 있었던 게 아닌가 합니다.

고은 시인의 초기 작품은 대부분 허무와 폐허에서 비롯되는 삶의 모습과 상념을 잔잔하게 담고 있습니다. 폐허 의식과 허무주의. 그러고 보니 시인 자신도 《나는 격류였다》에서 "내 문학의 고향은 폐허"라고 얘기한 바 있습니다. 또한, "부서진 벽돌 조각 더미에 돋아난 잡초에서 풀벌레 소리가 날 때 나의 시도 태어난 것"이라고 얘기했지요.

고은 시인의 글의 깊이와 넓이 앞에서 감히 제가 이런저런 말을 할 수 있는 처지는 아닙니다. 다만, 1970년 《세노야 세노야》를 읽고 풍선처럼 부풀어 오르던 그 순수한 마음으로 요즈음의 저의 시를 한번 돌아보고 싶을 뿐입니다.

저는 고은 시인의 초기 작품을 좋아합니다. 감미롭기에는 우울하고, 우울하지만 어둡지 않은 그의 초기 작품들은 당시 심적으로나 물질적으로 어렵고 가난했던 많은 사람에게 상련(相憐, 서로 가엾게 여김)의 정을 선물했기 때문입니다. 당시 그가 그려낸 작은 풍경들은 누구나 가슴 속에 대여섯 개쯤 갖고 있던 것으로, 비록 채색은 되었을지언정 화려하지 않아서 거부감이 없었고 많은 상상력과 꿈을 갖게 했습니다. 또한, 이리저리 휘어지지 않은 직선과도 같아서 누구나 쉽게 다가갈 수 있었습니다.

색으로 치면 그것은 회색입니다. 그러다 보니 회색으로 시작한 그림이 파란색이나 빨간색으로 바뀌었다가도 다시 회색으로 마무리됩니다. 하지만 그것은 절대 음울하지 않습니다. 퇴행적이지도 않습니다. 어느 정도 거리를 두고 있는 현실에 대해서 냉소적인 면도 다소 없진 않지만, "인간은 슬프기 위해서 태어났다."라는 시인의 말처럼 궁극적으로는 혼자로서의 인간, 본질적으로는 외롭고 고독한 인간의 모습을 한 장 한 장 아주 단출한 스케치로 그려내고 있습니다. 그 결과, 이 세상을 살아가는 비슷비슷한 사람들의 내면 깊숙이 숨어 있는 감정을 흔들어 깨웁니다.

고은 시인은 "나는 거의 생득적으로 그런 폐허 의식과 허무 의식의 원점에서 시작한 셈이다. 굳이 말한다면 그것이 초기 시의 허무라는 지적이었을 것이다."라고 말한 바 있습니다. 그런 그의 생각은 《세노야 세노야》와 함께 출간된 다른 산문집에서도 어렵지 않게 찾아볼 수 있습니다.

시인의 초기 작품을 통해 중기나 후기 시의 변화와 발전에 대해서 말하고자 하는 것이 아닙니다. 다만, 그의 초기 작품에 나타났던 폐허 의식과 허무주의가 꼭 니힐리즘이나 노장사상 같은 데서 비롯되었다고 할 수는 없지만, 그런 사상과 일부 궤를 같이하는 것을 볼 때, 흐린 날 추락이라도 할 듯 지면 위를 아슬아슬하게 스치며 날아가는 지친 새 한 마리라든가, 그것을 보면서도 별 아픔이나 미련 없이 살아가는 인간의 안타까운 모습을 상상하지 않을 수 없기 때문입니다.

시인은 "상처는 어느덧 상흔이 되고, 고독은 허무가 되는 것"이라고 허무에 대해 노래한 바 있습니다. 저는 그런 시인의 노래를 들으며, 저 자신을 막연한 감상주의에 빠진 애늙은이로 만들어 정체된 탐미적 생각에 가둔 적이 한두 번이 아닙니다. 시인은 이미 순수하고 깨끗한 허무의 정점을 넘어 더 높은 곳을 향해 가고 있었는데도 말입니다.

제가 자주 쓰는 시의 주제는 도시와 우울, 도시인의 고독입니다. 잘못하면 이런 주제들이 정말 저렴한 감상, 아니면 스스로 조그만 틀을 만들어 자족(自足)하고 마는 항아리 감정에 저를 빠뜨릴 수도 있습니다. 말 그대로 혼자 잘난 척은 다 하는 것이지요. 마치 이 세상을 다 살아본 것처럼 말입니다.

요즘 저는 그것을 아주 진지하게 고민하고 있습니다. 잘못하면 우울하고 얄팍한 감상주의에 빠진 나머지 단어의 유희만 즐길 뿐, 진정성 없는 시가 될 수도 있기 때문입니다. 눈물 젖은 빵을 먹은 경험이 없기에 더욱 그렇습니다.

고은 시인은 "시가 추구하는 허구는 결국 진실로 귀결되어 그 허구와 진실의 차이는 없어진다. 그러므로 끊임없이 허구를 지향하라. 현실이라는 것은 허구의 물질적 단계일 수가 있다."라고 하였습니다. 여기서 말하는 허구와 허위는 완전히 차원이 다른 것입니다. 그런데 불행하게도 제가 그와 같은 허위의 덫에 갇혀 있지 않나 싶습니다. 제가 자주 얘기하는 도시의 우울과 고독이라는 것에 이런 빛 좋은 허위가 여기저기 스며들어 있는 것 같은 의심이 들기 때문입니다.

다형 김현승 시인의 절대 고독에 대한 순수한 접근과 절대 노력 같은 것이 지금 제게는 필요합니다. 《세노야 세노야》를 45년 만에 다시 읽다 보니 그런 생각에 더 가까이 다가가고 싶습니다.

　제가 쓰고자 하는 도시인의 고독은 제아무리 군중 속에 같이 있어도 외로울 수밖에 없는 인간의 숙명적이고 본질적인 고독을 말합니다. 그런 순도 100%의 고독을 향해 나아갔으면 합니다.

　어쩌면 지금도 쓸데없는 감상주의나 값싸고 상투적인 감정에 사로잡힌 나머지 좁은 항아리 안에 틀어박혀 있는 것은 아닌지 모르겠습니다.

　"나는 시의 종신수(終身囚)"라고 얘기한 고은 시인의 시 정신에 대해서 다시 한번 생각해보는 밤입니다.

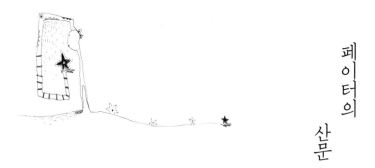

페이터의 산문

이양하 교수가 번역해 고등학교 교과서에 실렸던 〈페이터의 산문〉을 기억하십니까? 영문학자이자 수필가로서 대학에서 후학을 양성하며 주지주의 문학 이론을 소개했던 그분을 우리는 〈신록예찬〉이라는 수필로 기억합니다. 〈신록예찬〉은 당시 교과서에 함께 수록되었던 김진섭의 〈백설부〉와 함께 매우 큰 감동을 주는 수필이었습니다. 〈신록예찬〉이 자연의 아름다움을 예찬함과 동시에 삶의 태도를 잔잔히 뒤돌아보게 했다면, 〈백설부〉는 지상의 모든 초라한 것들을 순백의 깨끗함과 성스러움으로 덮어주는 글이었지요.

과거는 과거로써 그 아름다움과 그리움의 풍경으로 남아있고, 현실은 엄연한 지금의 사실로써 우리 앞에 있습니다.

마당에 떨어진 가을 잎을 쓸어 모아 태우면서, 잠시 지나간 삶이 누비고 갔던 뒤안길에 들른 뒤 다시 엄연한 현실의 세계로 돌아와서는 이내 옷매무새를 단단히 여미던 이효석의 〈낙엽을 태우면서〉가 생각납니다. 꿈으로 가득 부풀어 올랐던 학창시절을 더욱 풍요롭게 했던 참 좋은 글이었습니다.

〈페이터의 산문〉을 얘기하려 했는데, 서론이 좀 길어졌습니다.

"오! 보라, 마케도니아의 영광은 흙 속에 묻혀버렸고, 알렉산더 대왕도 죽은 지 오래도다. 왕후장상은 모두 관속에 누웠으며 시인들의 노래 소재가 될 뿐이다."

이렇게 시작되는 글은 "만일 네가 다른 사람에게서 칭찬받기를 원한다면 너를 칭찬해주는 사람들의 마음속에 들어가 보라! 그리고 그들이 어떤 심판자인가를, 또 그들의 관심사가 무엇인가를 보라! … (중략) … 그대들이 보지 못할 일에 대해 어찌하여 그렇게도 연연해 하는가? … (중략) … 참다운 지혜로서 마음을 가다듬은 사람은 저 호메로스의 시구 하나만으로도 이 세상의 후회와 공포로부터 자유로워지기에 충분하다."로 이어지면서 우리를 긴장시키고, "인간은 나뭇잎과 흡사한 것, 가을바람이 낙엽을 휘몰아 가면, 봄은 새로운 잎으로 숲을 덮는다. 잎, 잎, 조그만 잎, 너의 귀여운 자식들도, 너의 아첨자도, 너의 원수도 모두 바람에 휘날리는 나뭇잎"하는 구절을 읽고 나면, 두근두근 고동치던 우리 마음은 기어이 폭발하고야 맙니다. 그리고 이어지는 "무대의 배우가 그 배우를 고용한 연출자의 지시에 따라 무대를 떠나듯이 너는 떠나야 하는 것이다. 너는 아직 5막을 끝내지 않았다고 항의할 수도 있겠지만, 인간의 삶은 3막만으로도 연극을 끝내야 할 때가 있다. 그것은 연극을 만든 극작가가 할 일이지 네가 관여할 일이 아니다. 그러니 유감없이 떠나라. 반드시 무대에서 너를 내보내는 그 속에도 섭리가 있을 것이니라." 하는 부분에 이르러서는 숙연해짐과 동시에 평온함을 되찾게 됩니다. 큰 파도의 휘몰아침 뒤에 오는 잔잔한 바다와도 같이 말입니다. 그리고 그 위대한 자연의 섭리에 우리를 아낌없이 맡기게 됩니다. 감히 거역할 수 없기 때문입니다.

이 얼마나 인간을 겸허하게 하는 글입니까? 고개를 숙이게 됩니다. 겸손한 마음가짐으로 감사하며 살아야 하는 삶을 우리는 얼마나 교만하게 살아왔는지요. 이 소중한 삶을 우리 스스로 얼마나 핍박하며 살아왔는지 모릅니다. 또 이 무대를 영영 떠나지 않을 것처럼 온갖 주인 행세를 하며 살아온 것 역시 뒤를 돌아보게 합니다.

저는 그 글에서 아주 경쾌하고 신선한 바람을 느낍니다. 먼 우주에서 내려오는 알 수 없는 어떤 힘으로 인해 폐부가 시려 오기 때문입니다.

저는 지금 브랜디를 한잔하고 있습니다. 깨끗한 유리컵에 얼음 몇 조각을 넣고는 얼음이 녹아 흘러내리는 모습을 보고 있습니다. 녹아 내리는 얼음물 사이로 저 유명한 로마의 철인 황제 마르쿠스 아우렐리우스의 모습이 얼핏 보이는 것 같습니다. 그런 환상에 빠지며 〈페이터의 산문〉을 읽으면 아직도 가슴이 두근거립니다.

파란 나뭇잎과도 같던 우리 모습은 어느새 고동색으로 물들어 길 위에 떨어져 뒹굴고, 그 위를 흰 눈이 잠시 덮었다가 마침내는 어디론가 사라지고 맙니다. 그전에 누군가에 의해 태워져 사라지기도 하지요. 그래서 저는 〈페이터의 산문〉을 읽을 때마다 우리 삶이 나뭇잎과 매우 흡사함을 문득문득 깨닫곤 합니다.

〈페이터의 산문〉은 미당의 〈동천〉과 함께 제 가슴속에 감동적인 글로 남아 있습니다. 아마 영원히 그럴 것 같습니다.

인생은 경주,
그래서 슬픈 것

대철학자이자, 대수필가인 김태길 선생의 글을 읽다 보면 그의 소박하고 순수함에 이끌려 우리 마음 역시 깨끗해지곤 합니다. 또한, 재미있는 사례와 상상력을 자극하는 글에 종종 웃음이 나올 뿐만 아니라 간결하면서도 막힘없는 문장 여기저기에 곁들여진 지성의 청량제로 인해 마음이 시원해집니다. 글이란 체험과 사색의 기록이라는 그의 말마따나, 그의 글 역시 거기서 비롯되기 때문입니다.

제가 감히 그의 글을 평가할 수는 없지만, 문장의 뛰어남은 차치하더라도 글 곳곳에 진실함과 사람에 대한 사랑이 묻어나고, 독자에 대한 깊은 배려가 배어있는 그의 글을 읽을 때마다 마음이 뭉클해지곤 합니다. 생각건대, 그것은 뛰어난 철학자로서 그가 보여주는 인생에 대한 깊고 남다른 사색과 삶의 다양한 방면에서 축적된 수많은 경험 때문이 아닌가 합니다.

그는 생전에 8권의 수필집을 출간했고, 400여 편의 주옥같은 작품을 발표했으니, 대수필가라는 표현 역시 부족한 게 사실입니다. 또한, 당시로써는 드물게 미국 유학길에 올라 존스홉킨스대학에서 공부했던 수재로 평생 학교에서 후학 양성에 전념하며 — 본인의 표현을 빌리자면 "분필 가루를 벗 삼았다."라면서 — 학자로서 외길을 걸었습니다.

무릇, 그의 삶은 한 장의 하얀 모시 손수건 같지 않았을까? 하는 생각이 듭니다. 이는 그의 글을 읽으면서 저 나름대로 갖게 된 생각이기도 합니다.

그의 글은 지나친 과장이 없을뿐더러 화려한 꾸밈도 없고, 비굴함도 없으며, 상투적인 것도 없고, 일체의 교만함도 없는 마치 어린아이와 같은 순수함 그 자체입니다.

〈토깽이의 허세〉라는 그의 수필이 있습니다.

어느 날, 그는 어머니를 따라 외가에 갔다가 외할머니로부터 "오호, 그놈 꼭 토깽이 같이 생겼구나!"라는 말을 듣고, 사내대장부라고 자부하며 살아온 7년의 자존심이 여지없이 망가졌다고 합니다. 이에 '사자나 호랑이가 되지는 못할망정, 아니 적어도 황소나 말은 되어야지, 토깽이가 뭔가, 토깽이가. 토끼도 아니고.'라며 자기를 책망했다고 합니다.

그때부터 그는 외할머니에게 사내처럼 활발하고 사나운 성격의 소유자임을 보여주기 위해 초등학교 시절 코피가 터지는 싸움도 마다하지 않았고, 중학교에 가서는 이마를 몇 바늘이나 꿰매는 싸움도 했으며, 사관학교보다 더 영웅 심리가 통한다는 일본 제3고등학교에도 진학했다고 합니다.

고등학교 시절 그는 일본 친구들이 하는 것은 모두 따라 했다고 합니다. 그런데 아니나 다를까 억지로 술을 마시고 과격한 운동을 따라 한 결과, 심한 위장병을 얻고 말았습니다. 그러니 학업 성적이 곤두박질한 것은 당연했지요.

그는 대학은 정치학과를 선택했습니다. 그 이유를 그는 훗날 수필에서 이렇게 말한 바 있습니다.

"지배자의 천직으로, 삼군을 거느리는 장성도 결국 정치가의 한 마디에 동분서주한다."

하지만 중도에 그만두고, 서울대학교 철학과에 다시 입학하게 됩니다. 그렇게 해서 그는 철학자가 되었고, 수필가가 되었습니다.

그의 수필은 철학이라는 학문과 수필이라는 문학 장르를 잘 아우르며 서로의 멋과 맛을 적절히 조합했다는 평을 받았습니다. 이를 통해 우리 생활의 지경(地境, 일정한 테두리 안의 범위)을 넓히고, 소박한 삶과 그 삶의 질에 관하여 곰곰이 생각할 기회를 우리에게 제공했지요.

그가 1959년에 쓴 〈경주〉라는 수필을 읽은 적이 있습니다. 거기에는 초등학교 시절, 가을 대운동회 때의 이야기가 소개되어 있습니다.

그날 그는 달리기 선수로 출전했는데, 출발이 조금 늦었다고 합니다. 하지만 가족이 모두 보고 있는 터라 목이 빠지게 뛰어서 적어도 이등은 했겠다 싶어 이등 깃발을 붙잡으려고 했지만, 그 깃발은 물론 삼등 깃발 역시 다른 아이의 차지가 되고 말았다고 합니다. 결국, 등수 안에 들지 못한 그는 그날 공책 한 권 받지 못했습니다. 적어도 삼등 안에는 들 것이라고 자신했는데, 출발이 늦는 바람에 그마저 놓치고 만 것입니다.

"깃대를 잡으려고 할 필요는 없다. 그저 앞만 보고 달리면 차례대로 깃대는 갖다 주는 사람이 있다. … (중략) … 깃대는 안중에 두지 말고 오로지 앞만 보고 달려라. 깃대를 가져다주는 사람은 저절로 생기리라."

그날 이후 그는 이런 생각에 도달하게 되었습니다. 하지만 세월이 흐르고 여러 가지 현실적인 문제에 봉착하면서부터 그런 신조에 의혹을 품지 않을 수 없었다고 합니다. 그리고 그때부터 자기보다 어린 사람들에게 그 얘기를 해주는 것을 망설이게 되었다고 합니다.

"고지식하게 앞만 보고 달려서는 안 된다. 깃대를 잡아라, 깃대를…"

그는 인생은 하나의 경주며, 그래서 불가피하게 슬픈 일이라고 했습니다. 이와 함께 그 불가피한 경주에서 앞만 보고 달리면 깃대가 저절로 따라오는 경주가 되기를 염원한다면서 글을 마무리하고 있습니다.

저는 그 수필 속에서 그가 언급한 고지식하고 정직하다는 것과 요령 좋고 수단이 비상하다는 것의 차이, 어느 것이 경멸의 의미이고, 어느 것이 칭찬의 의미인지, 그것이 우리 같은 필부들의 삶에 어떻게 작용하는지, 나아가 그렇다면 과연 어떻게 해야 하는지를 곰곰이 생각해봤습니다. 하지만 어느 것이 더 바람직한지 쉬이 결론을 내릴 수 없었습니다. 저의 소심한 생각으로는 앞으로도 뚜렷한 결론을 쉽게 내릴 수 없을 듯합니다.

비록 사진으로만 본 그의 말년 모습이긴 하지만 그의 마르고 주름진 얼굴이 오늘따라 눈앞에 아른거립니다.

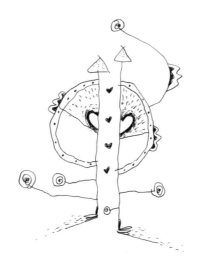

어머니는 항상 달려가서 안기고 싶은 몸과 마음의 영원한 고향이요,
쉼터이며, 안식처입니다.
어머니처럼 편안하고, 따뜻하며, 포근한 휴식처는 이 세상에 없을 것입니다.

미당의 어머니, 우리의 어머니

어머니에 관한 이야기를 한 적이 있는 것 같은데 잘 기억이 나지 않습니다. 그래서 오늘은 어머니에 관한 이야기를 — 이것도 어머니에 관한 이야기 중 극히 일부분에 지나지 않겠지만 — 다시 한번 해보려고 합니다.

'어머니'하고 나직이 부르면, 우리 눈앞에 굵고 가는 주름살로 가득한 작고 하얀 얼굴이 하나 살포시 떠오릅니다. 버선발 같다고 해야 할까요? 초승달 같다고 해야 할까요? 워낙 상투적인 표현이긴 하지만, 그래도 그것이 가장 적합한 우리 어머니의 얼굴이 아닌가 합니다.

그 얼굴은 잔잔한 미소를 지으며 우리를 향해 다가옵니다. 그제야 우리는 조심스럽게 '어머니'라고 나지막이 불러봅니다.

누구에게나 어머니는 항상 달려가서 안기고 싶은 몸과 마음의 영원한 고향이요, 쉼터이며, 안식처입니다. 어머니처럼 편안하고, 따뜻하며, 포근한 휴식처는 아마 이 세상에 없을 것입니다. 앞으로도 많은 세월이 흐를지언정, 그 생각에는 변함이 없을 것입니다.

소설가 최인호의 어머니가 그랬고, 박동규의 어머니(시인 박목월의 부인)가 그랬으며, 미당의 어머니가 그랬음은 그들의 글을 통해서 잘 알 수 있습니다. 그 기억이 글로 남지 않은 다른 이들의 어머니 역시 마찬가지였을 것입니다. 특히 도시보다는 시골에서, 요즘보다는 아버지 세대의 어머니일수록 더욱.

얼마 전 미당 작고 후 출간된 그의 산문집에서 그의 어머니에 관한 회상을 읽으며 그 모습을 찬찬히 그려보았습니다. 미당은 당신의 어머니 김정현 여사를 단군신화에 나오는 곰과 호랑이 설화에 빗대어 "곰과 함께 마늘과 쑥을 먹으며 사람이 되는 연습을 하다가 그만 중도에서 작파해버린 암호랑이 ― 그게 만일 잘 참아서 성공했더라면 아마 이 분 같지 않을까? 하는 느낌이 생긴다."라고 얘기했습니다.

대부분 사람은 어머니를 곰으로 표현하건만, 미당은 자기 어머니를 호랑이라고 한 것입니다. 그것도 사람 되기에 실패한 호랑이가 아니라, 쑥과 마늘을 잘 먹고 참아내어서 마침내 사람이 된 호랑이로 말입니다. 그래서 미당의 어머니가 어떤 분이셨는지 그 글만으로도 충분히 짐작이 갑니다.

미당이 중학교 시절 장티푸스에 걸려 시골집으로 돌아온 적이 있었다고 합니다. 당시 장티푸스는 '염병'이라고 하여 대부분 고열로 앓다가 죽는 무서운 전염병이었습니다. 그 때문에 마을에 장티푸스 환자가 생기면 외따로 떨어진 곳에 격리했습니다.

미당의 아버지는 그런 자식을 보며 상여를 준비했다고 합니다. 단장의 슬픔을 삼키며 자식의 죽음을 준비한 것입니다. 반면, 그의 어머니는 하루도 빠지지 않고 그를 찾아가 불덩이 같은 몸뚱어리를 얼음과 찬물로 씻기고 또 씻겼다고 합니다. 그 때문에 자신이 병을 이겨내고 다시 살게 된 것은 어머니의 그런 정성과 기도 때문이라고 미당은 말했습니다.

그는 이렇게 말하며 글을 마무리하고 있습니다.

"이 분은 정말 또다시 이렇게 하셔서 이 분이 가시는 저승과 이 분 뒤에 내가 남을 이승 사이를 이어놓으실까 두렵다."라고.

저는 확신합니다. 그분은 분명히 그렇게 하실 것이라고. 아니, 모든 어머니가 다 그렇게 하실 것입니다.

이 세상 모든 어머니는 본인이 가 있는 저승과 자식이 남아 있는 이승을 반드시 이어놓아서 항상 그 길을 오가며 자식이 울고 있지는 않은지, 굶고 있지는 않은지, 다친 곳은 없는지, 아픈 곳은 없는지, 마음 졸이며 확인하고, 또 확인할 것입니다. 그리고 그 자식이 어디를 오가건, 때가 되면 포근하고 따뜻한 당신의 품으로 영원히 껴안아 주실 것입니다.

그런 생각을 하면서도 살아계신 어머니를 자주 찾아뵙지 못하는 제가 너무도 밉고 바보스럽습니다.

불현듯 어머니가 보고 싶습니다. 어머니에게 자주 찾아뵙지 못해서 죄송하다고 용서를 구하고 싶습니다. 그러나 이 마음도 내일이면 까마득하게 잊어버릴 것입니다.

아주 허전한 밤입니다.

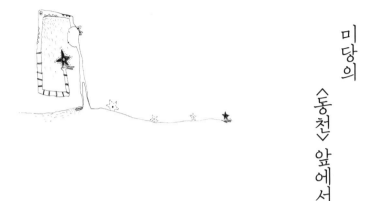

미당의 〈동천〉 앞에서

미당의 〈동천〉을 읽을 때마다 저는 눈 앞에 펼쳐지는 한 폭의 선명한 그림을 보지 않을 수 없습니다. 눈을 감으면 그 그림은 더욱 곱고 환한 색채로 떠오릅니다. 시의 표현만으로도 풍성한 상상력을 갖게 하는 이 시는 읽을 때마다 무한한 감동으로 다가옵니다.

　내 마음속 우리 님의 고운 눈썹을

　즈믄 밤의 꿈으로 맑게 씻어서

　하늘에다 옮기어 심어 놨더니

　동지섣달 나르는 매서운 새가

그걸 알고 시늉하며 비끼어가네

　다섯 줄, 예순두 글자로 이뤄진 이 시는 '국민시'라고 불러도 손색없을 만큼 많은 사람으로부터 사랑받아왔습니다. 그러다 보니 수많은 평론가의 적절하고 의미 깊은 해설도 많았습니다. 하지만 저는 평론가도 아닐뿐더러 그런 지식도 없기에 단지 읽고 느낄 뿐입니다. 그것만으로도 이 시가 제게 주는 감성과 매력은 넘치고 넘칩니다.

　하늘, 초승달, 새. 이것이 이 시에 등장하는 전부입니다. 여기에 제 생각을 좀 더 보태자면, 모든 것이 얼어붙는 몹시 추운 겨울 하늘 높이 초승달이 떠 있고, 그것을 비켜서 새 한 마리가 날고 있습니다. 새는 매라고 해도 괜찮을 것 같습니다. 매서운 새로 인해 동지섣달 추위가 더욱 강렬하게 느껴지기 때문입니다.

　글로써 그림을 그려내는 것은 시인만이 가진 능력 아닐까 싶습니다. 이 시에 담긴 여러 가지 깊은 의미를 논하기에 앞서, 저는 이 시를 읽고 나면 한 장의 그림이 눈 부시게 그려집니다. 눈이 시리다는 말이 더욱 맞을 것 같습니다.

　이 시는 참으로 심플하고 깨끗하며 강렬한 한 폭의 한국화가 아닐 수 없습니다. 찬바람이 맨 이마에 선뜻한 것처럼 참 신선합니다. 너무 맑아서 머리가 띵 하고 어지러울 정도의 차가움이 느껴집니다. 고풍스러운 어느 기와집의 아주 가지런한 처마를 보는 것도 같습니다. 또 엄밀하게 선택되고, 정제된 단어들이 모여서 만든 각 시구는 틈새 없이 차곡차곡 쌓아 올린 깨끗한 한국식 돌담을 연상하게 합니다.

이 시는 반복해서 읽을수록 그 의미가 스스로 해석되어 전달됩니다. 또한, 마치 저 깊은 계곡의 손 시린 물에 맨발을 담근 것처럼 차갑고 청량한 기분을 느끼게 합니다.

대시인의 대작을 만나면 그 앞에서 저절로 겸손해지기 마련입니다. 때로는 지나온 인생을 돌아보게 되고, 겸허한 자세로 각자의 삶을 생각해 보기도 합니다. 그 결과, 무릎을 꿇고 눈물을 흘리는 일도 종종 있습니다. 또한, 새로운 힘과 기쁨에 넘친 나머지 새로운 희망을 품기도 합니다. 나락과 질곡의 계곡에 빠진 사람에게는 그곳을 벗어나게 하는 동력을 주기도 합니다. 우리가 대작 앞에서 머리를 숙이는 이유는 바로 그것 때문이겠지요.

위대한 그림이나 음악 역시 마찬가지입니다. 그 앞에서 저절로 고개가 숙어집니다.

이렇듯 예술의 위대함은 동서고금을 막론하고 모든 사람을 겸손하게 만들며 가슴 뛰게 합니다. 저는 미당의 〈동천〉 앞에서 그것을 느낍니다.

우리 주변에는 훌륭한 시인과 좋은 작품이 참 많습니다. 그 작품들이 널리 읽히고 사랑받을 때, 우리 모두가 그 작품들을 사랑할 때, 우리 인생은 시가 주는 감동 안에서 더욱 은은한 향기를 뿜으며 펼쳐질 것입니다.

미당의 〈동천〉을 읽으며, 저는 오늘 밤 참 많은 생각을 하게 되었습니다. 그리고 두 손을 모아서 꼭 쥐었습니다.

주어진 삶, 그 안에 있는 하나하나를 모두 사랑해야지. 하늘과 달과 새, 그리고 그 겨울 하늘 아래 살아가는 모든 것을 아끼고 사랑해야지… 그러다 보면 제 인생도 더욱 풍요로워질 것입니다.

사람들은 대부분 평상시 자기 마음속에 존경하는 인물, 또는 좋아하는 것을 하나씩 정해놓고 싶어라 합니다. 그 때문에 본받고 싶은 훌륭한 인물이나 탤런트, 영화배우 등 연예인, 그리고 감명 깊게 읽은 책, 영화, 음악, 또는 좋아하는 음식 등 적어도 한 가지씩은 은근히 마음에 품고 삽니다. 하지만 세월이 흐르면서 그것이 바뀌기도 합니다.

저 역시 그 예외는 아닙니다. 문학을 하겠다는 사람으로서 저 역시 존경하는 시인이 있습니다. 존경한다는 것은 닮고 싶다는 의미이기도 합니다.

동서고금까지 가지 않더라도 제 주변에는 너무도 훌륭한 시인이 많습니다. 특히 저는 김광균 시인을 좋아합니다.

차단한 등불이 하나 비인 하늘에 걸리어 있다.
내 호올로 어딜 가라는 슬픈 신호냐.

긴— 여름 해 황망히 나래를 접고
늘어선 고층(高層), 창백한 묘석(墓石)같이 황혼에 젖어
찬란한 야경(夜景) 무성한 잡초인 양 헝클어진 채
사념(思念) 벙어리 되어 입을 다물다.

피부의 바깥에 스미는 어둠
낯설은 거리의 아우성 소리
까닭도 없이 눈물겹고나.

— 〈와사등〉 중에서

김광균 시인의 시를 읽을 때마다 나도 그런 시를 쓰고 싶다는 동경심은 예나 지금이나 변함없습니다. 그의 시는 저의 숨어있던 시심(詩心)에 불을 댕겼을 뿐만 아니라 시를 쓰는 사람으로서 지금의 저를 있게 한 이유 중 하나입니다.

〈와사등〉은 학창시절 국어 교과서에 실렸던 것으로 삶의 고독이 마치 이방인의 방황처럼 느껴지는 시입니다. 그래서인지 시 전체가 참

낯설게 다가오면서도 신비롭기 그지없습니다.

그의 시를 외우고 공부하면서 저는 주지주의라는 말과 모더니즘이라는 생소한 어휘를 처음 접하게 되었습니다. 당시 접근조차 금기시되었던 김기림과 정지용이라는 대시인의 이름을 슬며시 들은 것도 그때였고, 그분들이 한국 모더니즘의 선구자이자 최고의 이미지스트라는 것도 그즈음 어렴풋이 알게 되었습니다. 회화적 이미지, 공감각적 표현이라는 말도 그때 배웠고, T.S.엘리엇, 에즈라 파운드, 흄 등의 이름 역시 그때 처음 들었습니다. 돌이켜보면, 머릿속엔 뭔가가 밀물처럼 쏟아져 들어왔던 때가 아니었나 싶습니다.

낙엽은 폴란드 망명정부의 지폐

포화에 이즈러진

도룬시의 가을 하늘을 생각케 한다

— 〈추일서정〉 중에서

김광균 시인의 시를 읽을 때마다 가슴 속에서 뭔가가 뭉클하고 움직이는 듯한 기분을 느끼곤 했습니다. 또한, 머리카락이 주뻣하고 일어서는 기분도 들었습니다. 지금 생각해보면, 그것이 바로 감동이라는 것이 아니었을까 합니다. 그래서 〈와사등〉, 〈외인촌〉, 〈추일서정〉 등의 시를 백지에 옮겨 써서 책상 앞에 붙여두고 자주 읽곤 했지요. 지금도 그 시를 천천히 읽어 내려가면 그런 감동이 여전히 되살아납니다.

하얀 모색(暮色) 속에 피어 있는

산협촌의 고독한 그림 속으로

파아란 역등(驛燈)을 달은 마차가 한 대 잠기어 가고

바다를 향한 산마룻길에

우두커니 서 있는 전신주 위엔

지나가던 구름이 하나 새빨간 노을에 젖어 있었다

바람에 불리우는 작은 집들이 창을 내리고,

갈대밭에 묻히인 돌다리 아래선

작은 시내가 물방울을 굴리고

안개 자욱한 화원지의 벤치 우엔

한낮에 소녀들이 남기고 간

가벼운 웃음과 시들은 꽃다발이 흩어져 있다

외인묘지의 어두운 수풀 뒤엔

밤새도록 가느다란 별빛이 내리고

공백한 하늘에 걸려 있는 촌락의 시계가

여윈 손길을 저어 열시를 가리키면

날카로운 고탑같이 언덕 위에 솟아 있는

퇴색한 성교당의 지붕 위에선

분수처럼 흩어지는 푸른 종소리

— 〈외인촌〉

정말 이국적이지 않습니까? 선명한 이미지를 통해 나타나는 도시인의 고독과 우수가 마치 한 폭의 수채화처럼 그려지고 있습니다. 특히 '파아란 역등'과 '새빨간 노을'의 회화적 대조는 깨끗하고 싱싱한 시의 감동 속으로 우리를 빠져들게 합니다. 저녁 어스름을 '하얀 모색'으로 표현한 것도 백미입니다.

시는 전반적으로 도시인의 고독과 우수를 표현하고 있습니다. 하지만 시적 자아의 감정이 최대한 절제된 채 값싸고 흔한 낭만적 감정의 기복에 빠지지 않는다는 점에서 시가 추구하고 있는 가치가 큰 것이 아닌가 합니다.

요즘 저는 이런 시를 즐겨 읽으며, 주지주의가 한 시대를 풍미하고 지나간 유행이 아닌 여전히 추구할 가치가 있는 사상임을 떠올리곤 합니다.

린위탕의 글은 언제 읽어도 참 시원시원합니다.
거침없이 나아가는 자신감도 그렇거니와
여기저기 마음대로 휘젓고 다니는 용감성,
수시로 고금을 왕복하는 생동감과 기민성 역시 그렇습니다.

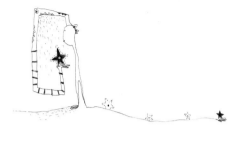

린위탕적

즐거움

얼마 전 린위탕(임어당)의 《생활의 발견》을 다시 한번 읽을 기회가 있었습니다. 하지만 시간이 꽤 걸렸습니다.

자꾸 게을러만 지니, 저도 참 문제입니다. 요즘 들어 책 읽는 속도가 점점 느려질 뿐만 아니라 일과 중 책 보는 시간 역시 점점 줄어들고 있습니다. 더 발전하지는 못 할지언정 퇴보하면 안 될 텐데, 이만저만 걱정되는 게 아닙니다.

《생활의 발견》은 린위탕이 마흔두 살 되던 1937년 쓴 것입니다. 이뤄 미뤄 보건대, 그는 생활의 진정한 즐거움이 무엇인지 일찌감치 깨달은 사람이 아닌가 합니다. 그렇다고 해서 《생활의 발견》이 전문지식을 깊이 있게 담고 있거나 가벼운 신변잡기를 담고 있는 것은 아닙니다. 그 제목에 걸맞게 삶의 즐거움과 이를 위한 생활의 방법에 관 해서 자기만의 식견을 여러 사례와 함께 잘 어우르고 있습니다. 그런데 그것이 오히려 잔잔한 감동을 줍니다.

린위탕의 글은 언제 읽어도 참 시원시원합니다. 거침없이 나아가는 자신감도 그렇거니와 여기저기 마음대로 휘젓고 다니는 용감성, 수시로 고금을 왕복하는 생동감과 기민성 역시 그렇습니다. 글 구석구석에 숨어있는 재치와 유머는 또 어떻습니까?

저는 그의 글을 다시 읽으며 그야말로 '역시 시대를 뛰어넘는 석학'이라는 생각을 다시금 하게 되었습니다.

조그만 시골교회 목사의 아들로 태어난 그는 어느 한 부분에 치우치지 않고, 다양한 분야의 경험과 지식을 통해 삶을 조영하는 기술이 남달랐습니다. 비록 어린 시절 가정에서 기독교적인 교육을 받고 자라긴 했지만, 성장 후에는 특정한 종교를 갖지 않은 것 같습니다. 대신 종교에 대한 꾸준한 연구를 통해 나름의 생각과 판단으로 그 다양성과 공존을 아우를 줄 아는 자기만의 철학을 가졌던 듯 합니다. 또한, 그는 자기 조국, 중국이 가진 문화적 유산을 매우 자랑스럽게 생각했을 뿐만 아니라 이를 널리 알리는데 많은 시간을 할애하였습니다. 책 곳곳에 그의 그런 마음이 잘 드러나 있습니다. 이 점은 국가와 민족을 가진 사람이라면 누구나 한 번쯤 깊이 생각해봐야 할 점이 아닌가 합니다.

글 중간중간 소개하는 여러 사람 ─ 물론 중국인들만 등장하는 것은 아니지만 ─ 그리고 그들의 생활 철학과 사상, 지혜로운 삶의 이야기들. 이 모든 것은 시간과 장소를 뛰어넘는 중국의 살아있는 역사라는 생각이 듭니다. 그만큼 자기 조상들의 꿈과 철학을 사랑했던 그의 애정과 자긍심이 자못 부럽습니다.

물론, 우리에게도 만인에게 회자하는 훌륭한 조상과 작품이 많습니다. 고산 윤선도가 그렇고, 송강 정철이 그렇습니다. 그들의 시 또한 시대를 넘나드는 걸작이 아닐 수 없습니다.

《생활의 발견》을 다시 읽으면서 저는 우리가 해야 할 중요한 일 중 하나가 바로 우리 조상들의 작품을 아끼고 사랑하며 널리 알리는 것이라고 생각하였습니다.

린위탕은 인생을 가장 잘 즐길 줄 아는 사람으로 장자와 도연명을 꼽았습니다. 그런 점에서 볼 때 생활의 즐거움과 맛은 중용의 철학에서 찾아야 하는 것이 아닌가 합니다. 그래서일까요. 비록 철학적인 학문의 깊이까지는 아니더라도 중용의 생활을 유지하며 산다는 것이 매우 중요하다는 사실을 《생활의 발견》을 읽으면서 다시 한번 깨달았습니다. 특히 책 서문에 자기 경험을 적은 개인의 이야기라고 언급하면서 고전의 사상, 특히 그동안 진부한 것으로만 치부되어 왔던 동양 사상이야말로 자기 사상이며, 자기 몸의 일부분이라는 글을 보면서, 이 세상 어느 부자도 부럽지 않은 그의 자신감과 정신적 풍요가 적잖이 부러웠습니다.

밤이 깊었습니다. 물과 돌, 소나무, 대나무, 그리고 달을 벗 삼아 노래했던 고산의 〈오우가〉라도 소리 내어서 한번 읊고 싶은 밤입니다.

날마다 자신을 새롭게 하라

헨리 데이비드 소로의 글을 읽으면 마치 박하사탕을 먹는 것처럼 머릿속이 시원해집니다. 자연과 하나 되어 산 그의 삶이 진실한 인간의 모습을 보여줄 뿐만 아니라 자연을 대하는 한 인간의 위대한 모습을 보여주기 때문입니다.

《월든》은 그의 저서 중 인간과 자연의 모습을 가장 잘 그려내고 있다는 평가를 받고 있습니다. 그만큼 자연에 대한 그의 생각이 잘 드러나 있습니다.

그는 28세 되던 1845년, 월든 호숫가에 자그마한 통나무집을 한 채지은 후 2년여 동안 그곳에서 생활하며 문명사회에 대한 비판의 목소리를 키웠습니다. 생각건대, 그것은 우리가 모두 겸허히 받아들여야 할 자연의 소리가 아닌가 합니다.

그가 《월든》이라는 명저의 골격을 완성한 것도 그즈음이었습니다. 그는 월든 호수를 중심으로 페어헤이븐 언덕과 플린트 호수, 베이커 농장, 그리고 서드베리 길 등 미국 동북부 매사추세츠주를 꿈의 지역으로 만들었습니다.

십여 년 전 어느 겨울날, 저는 뉴욕에서 매사추세츠주를 지나 메인주까지 드라이브를 한 적이 있었습니다. 꽤 먼 거리였습니다. 뉴욕을 벗어나 매사추세츠주에 들어서면서부터는 주변이 점점 어두워지면서 하늘이 점점 내려앉는 듯했습니다. 널따란 들판에 집은 띄엄띄엄 눈에 띨 뿐, 그나마 거리 곳곳에 늘어선 크고 작은 나무가 저를 반겨주었습니다. 하지만 그것도 잠시. 메인주에 가까워질수록 집은 거의 보이지 않고 나무만 더욱 눈에 띄었습니다. 하얀 눈을 가득 이고 선 커다란 나무들이 하늘을 찌르며 서 있는 길을 따라 한없이 달리다 보니 '이곳이 바로 천국이 아닐까'라는 착각에 빠지기도 했습니다.

사람들은 이런 풍경을 보면서 쓸쓸하다고 합니다. 하지만 제게는 정말이지 풍성한 볼거리입니다. 한없이 펼쳐진 백색 들판, 그 뒤로 늘씬한 키를 자랑하며 서 있는 빼곡한 나무, 그리고 아름다운 설경이 한 폭의 아름다운 그림을 만들기 때문입니다. 참으로 아늑하게 느껴지는 풍경이 아닐 수 없습니다.

소로는 그보다 더 외지고 한적한 자연 속에서 생활했습니다. 《월든》

을 통해 우리는 어디에도 얽매이지 않았던 자연인으로서의 그의 삶과 생각을 엿볼 수 있습니다.

책 속에서 그가 인용했던 중국 탕왕(중국 고대 상나라를 창건한 왕)의 욕조에 새겨진 "날마다 그대 자신을 완전히 새롭게 하라. 날이면 날마다 새롭게 하고, 영원히 새롭게 하라."라는 말은 새벽 일찍 일어나 개울물에 목욕하며 마음을 새롭게 했던 그의 삶의 정신을 생각하게 합니다. 거기에는 일체의 가식과 허위라곤 없었습니다. 그런 점에서 매일 매일을 무의식적, 반복적으로 사는 우리에게 삶의 소중함을 깨우쳐 주는 말이 아닌가 합니다.

그러나 안타깝게도 소로는 마흔다섯이라는 젊은 나이에 세상을 떠났고 말았습니다. 하지만 그의 삶은 우리에게 많은 것을 시사하고 있습니다.

시 한 줄을 장식하기 위하여
꿈을 꾼 것이 아니다.
내가 월든 호수에 사는 것보다
신과 천국에 더 가까이 갈 수는 없다.
나는 나의 호수의 돌 깔린 기슭이며
그 위를 스쳐 가는 산들바람이다.
내 손바닥에는
호수의 물과 모래가 담겨 있으며,

호수의 가장 깊은 곳은

내 생각 드높은 곳에 떠 있다.

一《월든》 중에서

인
생
의
참
맛

헨리 데이비드 소로는 《월든》에서 이렇게 말했습니다.

"나는 인생을 깊게 살기를, 인생의 모든 골수를 빼먹기를 원했으며,

스파르타인처럼 강인하게 살아, 삶이 아닌 것은 모두 때려 엎기를 원

했다. 수풀을 폭넓게 잘라내고, 잡초들을 모두 베어 인생을 구석으로

몰고 간 다음에 그것을 가장 기본적인 요소로 압축시켜서 그 결과, 인

생이 비천한 것으로 드러나면 그 비천함의 적나라한 전부를 확인하여

있는 그대로 세상에 알리며, 만약 인생이 숭고한 것이라면 그 숭고함

을 스스로 체험하여 다음다음 번 여행 때 그에 대한 참다운 보고를 하

고 싶었던 것이다. 내가 보기에 대부분 사람은 인생이 악마의 것인지

또는 신의 것인지 이상하게도 확신을 갖지 못하고 있으며, 사람이 사는 주요 목적은 '하느님을 찬미하고, 하느님으로부터 영원한 기쁨을 얻는 것'이라고 다소 성급한 결론을 내리고 있는 것 같다."

그는 현대문명과 단절된 2년간의 숲 생활을 통해 '그동안 나는 어디서 무엇을 위해 살았는가?'를 회상하다가 위와 같은 결론에 도달하게 되었다고 합니다. 하지만 인생에 관한 심오하고 철학적인 지식이 없는 저로서는 이 글을 대할 때마다 그가 느낀 인생의 참맛이 과연 무엇이었는지 제대로 알 길이 없습니다. 그 때문에 아직도 '인생은 이런 것이다.'라고 주변 사람들에게 확실하고 자신 있게 얘기할 수 있는 처지가 못 됩니다.

또한, 소로는 "내 집에는 세 개의 의자가 있다. 하나는 고독을 위한 것이고, 하나는 우정을 위한 것이며, 하나는 사교를 위한 것이다."라고 말하였습니다. 이에 《월든》을 읽을 때마다 소로의 집을 머릿속으로 그려보곤 합니다.

숲속 호수 근처에 아주 작은 통나무집이 하나 있고, 가구라고는 작은 테이블과 조그만 나무침대 하나, 그리고 낡은 의자 세 개. 집안은 흑백사진처럼 아주 심플한 모습일 것입니다.

그런 집에 있는 세 개의 의자는 마치 자신의 여유로움을 뜻하는 것만 같아 부럽기 그지없습니다.

우리 집에는 그의 집보다 훨씬 많은 의자가 있습니다. 하지만 그것이 무엇을 위한 것인지는 한 번도 깊이 생각해본 적이 없습니다.

참으로 오랜만에 《월든》을 다시 읽었습니다. 《월든》은 진한 커피 같은 맛과 목관악기 소리 같은 멋이 있습니다. 거기에다가 일개미처럼 자기 생활에 대한 치열함과 성실함이 있고, 노자 말씀과도 같은 생각의 풍요로움이 배어있다고 해도 과언이 아닙니다.

마음만 있다면 요즘도 소로와 같은 생활을 충분히 할 수 있을 것입니다. 복잡한 현대문명에서 벗어나 자연 속에 자신을 온전히 맡기고, 먹고 입고 잘 것을 직접 해결하면서 오염된 생각과 습관을 뒤로하고, 자연의 소리에 귀 기울이며 사는 것! 이를 한 번쯤 꿈꾸지 않은 사람은 거의 없을 것입니다. 특히나 요즘처럼 냉혈한 시대에는 더욱.

여름이면 이십일 정도 전북 무주 근처 산속에 들어가 생활하는 지인이 있습니다. 그는 서울 도심 한복판 고층건물 사무실에서 근무하는 전형적인 직장인으로 제대로 된 휴식을 위해 일부러 산골짜기에 오두막을 마련했다고 합니다. 이에 한여름이면 문명의 혜택을 전혀 받지 못하는 그곳으로 들어가서 혼자만의 휴식을 즐깁니다.

전기가 안 들어오니 전등도 켤 수 없습니다. 당연히 전화도 안 되고, TV도 볼 수 없습니다. 신문도 배달되지 않고, 인터넷도 안 되며, 휴대전화 역시 갖고 가지 않으니, 세상 돌아가는 것을 전혀 알 수 없습니다. 산속에서 주워온 나뭇가지에 불을 지펴서 밥을 해 먹되, 하루에 두 끼만 먹습니다. 밤에는 촛불을 켜놓고 지냅니다. 최대한 문명과 단절하는 것입니다.

그에 의하면, 처음 하루 이틀은 그런대로 지낼만한데, 셋째 날부터는 묘한 불안감이 엄습해온다고 합니다. 매일 보던 TV도 못 보고, 신문도 못 읽고, 인터넷도 못 하니, 마치 혼자 저승으로 쫓겨난 듯한 불안감에 금단현상 같은 것이 찾아온다는 것입니다. 그러다가 열흘쯤 지나면 다시 마음이 편안해지고 느긋해져서 산바람과 산새가 친구가 되고, 물 흐르는 소리에 안정감을 찾게 된다고 합니다.

생각건대, 모든 것을 포기한 데서 오는 일종의 최면 효과가 아닐까 합니다. 하지만 그것도 진심은 아닐 듯합니다. 문명사회에 사는 현대인이 그렇게 쉽게 모든 것을 포기할 순 없을 테니까요. 잠깐의 최면과 억지 위안에 지나지 않을 것입니다. 그래도 그게 어디입니까. 잠시라도 그런 마음을 갖는다는 게.

그런 마음을 가장 불안하게 만드는 것은 휴대전화의 부재라고 합니다. 제 몸의 일부처럼 항상 지니고 다니던 것이 잠시 손에 없다는 사실만으로도 혼자 우주에 고립된 고아처럼 적지 않은 불안감을 느낀다는 것입니다.

이는 우리 모두가 충분히 공감되는 얘기입니다. 온종일 우리를 구속하는 휴대전화가 없으면 오히려 마음이 가뿐해야 할 텐데, 정반대 현상이 나타나기 때문입니다. 그러니 우리는 이미 휴대전화의 노예가 되었는지도 모릅니다.

소로는 그런 생활을 2년이나 했습니다. 그는 자연으로 투신해 자연을 그대로 수용하고, 현대인의 위선적인 삶과 사고를 고발하면서 인위적인 문명사회에 신랄한 비판을 가했습니다. 그런 그의 용기야말로 진정한 인간성의 회복을 위한 실천적 노력이 아닌가 싶습니다.

그의 사진을 보며, 그의 뒷모습은 과연 어떨까? 라고 생각해본 적이 있습니다. 그러면서 나뭇잎이 조용히 흩어지는 숲속으로 난 작은 길을 묵묵히 걸어가는 그의 뒷모습을 한 번 상상해보았습니다.

벌써 가을이 찾아왔습니다. 매일 밤낮을 더위와 싸우다가 몇 차례 요란한 비가 내리더니, 이제 밤이면 선선하다 못해 쌀쌀하기조차 합니다. 그 더웠던 여름이 언제였는지, 이제 여름은 당분간 오지 않을 것만 같습니다.

더 쌀쌀해지기 전에 서점에 들러서 이효석의 〈메밀꽃 필 무렵〉이라도 읽어야겠습니다. 책장에 기대서 읽은 단편소설의 맛은 커피 향보다 더욱 그윽하겠지요. 그래서인지 거리를 걸어가는 사람들 뒷모습도 커피 향처럼 은은하고 감미로워 보입니다. 오늘 밤에는 하늘 낮은 곳에서도 많은 별을 볼 수 있으면 좋겠습니다.

내려올 때 비로소 보이는 것들

초판 1쇄 인쇄 2017년 10월 11일
초판 1쇄 발행 2017년 10월 18일

지은이 최성철
발행인 임채성
디자인 산타클로스

펴낸곳 도서출판 루이앤휴잇
주　소 서울시 양천구 목동 923-14 드림타워 제10층 1010호
전　화 070-4121-6304　　　　**팩　스** 02)332-6306
메　일 pacemaker386@gmail.com
블로그 http://blog.naver.com/asra21
포스트 http://post.naver.com/my.nhn?memberNo=6626924

출판등록 2011년 8월 30일(신고번호 제313-2011-244호)

종이책 ISBN 978-89-94943-41-8　　03810
전자책 ISBN 978-89-94943-42-5　　05810